品成

阅读经典 品味成长

"朝3分書く"
だけで、
もうあなたは
幸せに
なっている

3分钟
未来日记

未来先取り日記

［日］山田弘美　滨田真由美◎著

刘会祯　马奈◎译

人民邮电出版社

北京

图书在版编目（CIP）数据

3 分钟未来日记 /（日）山田弘美,（日）滨田真由美著；刘会祯，马奈译 . -- 北京 ：人民邮电出版社，2025. -- ISBN 978-7-115-66087-9

Ⅰ. I056

中国国家版本馆 CIP 数据核字第 2024XF1392 号

◆ 著　　　　［日］山田弘美　滨田真由美
　　译　　　　刘会祯　马　奈
　　责任编辑　刘　浩
　　责任印制　陈　犇

◆ 人民邮电出版社出版发行　　　北京市丰台区成寿寺路 11 号
　　邮编 100164　　电子邮件 315@ptpress.com.cn
　　网址 https://www.ptpress.com.cn
　　文畅阁印刷有限公司印刷

◆ 开本：787×1092　1/32
　　印张：5.25　　　　　　　　　2025 年 1 月第 1 版
　　字数：77 千字　　　　　　　2025 年 10 月河北第 13 次印刷

著作权合同登记号　图字：01-2024-4265 号

定价：59.80 元

读者服务热线：（010）81055671　印装质量热线：（010）81055316
反盗版热线：（010）81055315

49 天后，
好事将会发生在你身上，
这绝非偶然。

只需早上空出 3 分钟，每天写一页。

1. 写下今天的日期。

2. 一笔一画地专心描摹浅灰色字体的文字。

3. 围绕当周的主题，用过去时写下你希望发生的事。

这样简单的几个动作，
便能将你潜意识里的念头或想象
转换为让你梦想成真的思路或意象。
现在开始，
让我们用"提前创造未来的日记"
开启新的一天吧！

美好的事物
也会降临在你的身上

真的有一本日记，能够让写下的一切都成真吗？

做事总是一帆风顺的人，一直在自由地创造自己希望发生的现实。人们接二连三地从量子力学的角度解释了这种"心想事成"的现象，而这种"心想事成"，其实在你身上也可以实现。

本书作者山田弘美和滨田真由美通过亲身实践，不断尝试，把自己学到的东西凝练成了这本书并奉献给读者，帮助大家通过简单的描摹和书写，自然而然地、循序渐进地掌握书写"未来日记"的诀窍。

即便你搞不懂个中缘由，只要专注地描摹"未来日记"中的灰色字体，你也能随之踏入心想事成的世界，逐步开始将心中的期待化为现实。

　　山田弘美曾经陷入了令人万念俱灰的绝境中，后来历尽艰难终于扭转了局面，"未来日记"正是从她这段历程中诞生的。这个故事说来话长，她会在序章中介绍那一段过往。

　　"未来日记"的写作方式与普通的日记大相径庭。作者通过反复尝试，精心修改，发现了一些书写的窍门，并将其浓缩提炼，在第一章中为读者呈现了"未来日记"的写作方法和使用方式的要点。

　　假如你明白了写在"未来日记"中的文字为什么能变成现实，相信你也会跃跃欲试。第二章将援引科学研究的成果，阐明写下的"预言"投射到真实世界的原因和依据。

　　在出版之前，"未来日记"只是一本手工制作的小册子，在研习会上供大家使用。滨田真由美通过非公开的网络小组分享了研习会参与者们奇迹般的个人体验，有的人非常感兴趣，便拿着这本小册子开始了摸索，他们很快就见证了写下的文字成为现实的情景。第三章将讲述他们的亲身经历，并为大家说明写在"未来日记"里的内容为什么能够成真。

接下来是本书的重中之重，也就是"未来日记"本身。我们希望读者迅速体会到诸事顺遂的感觉，所以请你直接描摹其中的文字，然后写下心中的想法，直到写完最后一页。书写"未来日记"时必须保持愉悦的心情，于是我们把"未来日记"设计成了便于摊开书写的，独立于本书的小册子。

你在"未来日记"中写下的一字一句，将从今天开始成真。

衷心祝愿本书的每位读者，以及在本书出版过程中提供大力支持的各位朋友好事连连，人生精彩纷呈！

目录

第二章　7周内你的思想与内心会发生怎样的变化？
"未来日记"背后的原理和知识……061

只需描摹49天就能心想事成?

"未来日记"的来龙去脉

负债 5000 万日元，
怎么还也还不清的利滚利

那时，我负债5000万日元，钱包里只剩下一张1000日元的纸币和些许零钱。离婚后，没工作、没收入，我带着7岁的孩子回了娘家，每天蜷缩在被窝里不想起床……

我是本书的作者之一山田弘美，曾经历了一段艰辛的过往，为了扭转困局，我顽强拼搏。

哪怕处于人生的最低谷，在我没有察觉到的地方，希望的光芒也始终不曾熄灭。但彼时我垂头丧气，万分沮丧，并未注意到那一束光的存在。因此我走了很长一段弯路，才找寻到自己的幸福。

最终我抬起头，发现了那束遥远而微弱的光芒，并朝着它走去。正因为有了"未来日记"，我才没有迷失方向。

为什么只是在清早写 3 分钟日记，好事就会接踵而至，让我的生活发生天翻地覆的变化呢？为什么预先写下的文字会奇迹般成真呢？

为了将个中缘由告诉大家，我不得不回顾"未来日记"诞生的来龙去脉。那段时光无比艰难，令我不堪回首……

我的前夫从事商店的装修方案设计和施工等工作，他对朋友重情重义，就算是曾欺骗过他的人，他也没有说过他们的坏话，没想到他的这个优点却让他深陷泥潭。

某段时间，朋友陆续帮他介绍了腌菜店、甜品店、金枪鱼刺身店的店铺装修项目，工程预算从几百万日元到一千万日元不等。短时间内来了三个活儿，这是过去从未有过的，而且都是新客户的委托，这让我们感觉有些突然。前夫和这几个新客户聊了聊，觉得不太对劲儿，因为他们给人的感觉就像商店本身和他们不相干似的，于是前夫怀疑他们是否真的要开店。

我产生了异样的预感，便劝他说："我还是感觉很奇怪，而且有一种不好的预感，这几单生意不做也罢。"可前夫认为这种理由没有真凭实据，根本听不进去，他把三个装修工程都接了下来，结果出了岔子。

后来我才知道，当时有一种骗术在社会上横行，骗子们先凭借工程造价单向银行申请贷款，再发包给施工方，之后他们不管能贷出多少钱，都赖着不给工程款，把钱全部揣进自己的腰包。

前夫运气不好，轻易地钻进了这些人的圈套。这些

人也许有各自的难处，但在装修过程中，我们再也找不
到这些客户了，他们电话不接、信息也不回。

踏踏实实攒够钱才能去买昂贵的物品，在我看来这
是常识，可我没想到我们会和委托几百万日元工程却赖
账跑路的人扯上关系。我们没有做错任何事，此后却不
得不承担所有的后果，面对这样荒唐的现实，我一时愕
然，不知如何是好。

钱包里仅剩一点点钱

三个店铺中只有腌菜店还在继续营业，我鼓起勇气
打去电话催债。接电话的是老板本人，她的声音沙哑，
很有辨识度。但她捏着嗓子说道："我们老板出去了。"

我从小到大接受的教育是不能撒谎，可没想到在电
话的那头，一个比我年纪还大的人若无其事地说着拙劣
的谎言。我瞬间怒上心头，但生气也没用，还是要不
来钱。

夕阳西下，微弱的日光照进昏暗的厨房，我站在那里，呆呆地望着冰箱，悲伤与烦闷之情郁结在胸口。

最后走投无路，我哀求前夫"把账单送过去""去把钱讨回来"，他却对我的话感到不耐烦，只是干等着骗子还钱，自己什么也不做。

家里的生活突然之间捉襟见肘，我把上班后积攒的存款和从 18 岁开始每月缴存的养老保险提前支取了出来，用于各种开销。我的钱包里最多只剩下一张一千日元的纸币和几枚钢镚儿。

当时我儿子还在上幼儿园，平日里除了过生日和圣诞节之外，他从不向我开口要礼物。恰逢这个关头，他对我说"想学游泳"，但我无法满足他的愿望，这时的我连区区每月 5000 日元的学费都掏不起。

如今每当我看到儿子笨拙的泳姿，我都会想起当时的情景。

"求你了，离婚吧。"

"哪怕咱们被骗了，也不能欠干活儿的工人们一分钱"，抱着这种想法，我们挨个找亲朋好友借钱。这些借款让亲戚对我们避而远之，这件事在此后的十几年里一直让我痛苦万分。尽管如此，钱还是不够，前夫用他自己、甚至是我的名义借了许多高利贷。

我们拆东墙补西墙，依然摆脱不了最糟糕的状况。为了资金的筹措周转，我每天疲于奔命，变得少言寡语，脸上的笑容渐渐消失，身体也吃不消了。有一天，我的腹部突然异常疼痛，去医院一检查，才发现已经胃穿孔了。

无论如何，我要逃离这个泥潭。

"我名下的债我来还，求你了，离婚吧。"我向前夫提出离婚，带着年幼的孩子回了娘家。

　　心力交瘁的我连床都起不了，大多数时候在被窝里躺一整天。我母亲会给我儿子一些零花钱，儿子全部存了起来，在我生日那天给我买了一支自动铅笔和一支圆珠笔。这两支笔的质量和款式一看就价格不低，是十分珍贵的礼物，我很惊喜。

儿子送我的特殊笔记本

体力恢复到能上班后，我开始找工作，为了让工资能够负担生活开支和债务，我只好去干销售，周末和节假日也得上班。离婚回娘家后，我的生活一改往常，家里人也不习惯我们母子二人的突然出现。刚上小学的儿子不得不转学，他心里难受，我却不能在休息日陪在他身边。那时，我的心里涌起了一股不知从哪儿来的自信，我决定自主创业。

我受工程公司委托，向他们提供空间设计和咨询服务，在工作的过程中，我的梦想逐渐生根发芽。我开始学习如何利用网络工作，还接触了心理学。

然而正当此时，我妈妈突然对我说："我没钱养活你们母子了，再说了，你一直在娘家住，搞得你弟弟没法结婚，你还是搬出去吧。"

之前的欠债已经让我捉襟见肘，我的工作也刚刚起

步，为什么母亲要在这个时候把我们扫地出门呢？这时
离开了娘家，我们母子可怎么生活啊！她又不是不知道
我的难处，所以我那时很恨母亲。

在这种情况下，有一天，儿子送给我一个笔记本。
和之前一样，这次也不是普通的学生笔记本，它的封面
是深红色的，覆了一层透明树脂，更显高级，翻开后，
里面用黑色签字笔写着几个大字——"给妈妈的圣诞
礼物"。

"我要用这个笔记本做一些特殊的事情。"

我再次发誓，一定要让儿子过上幸福的生活。

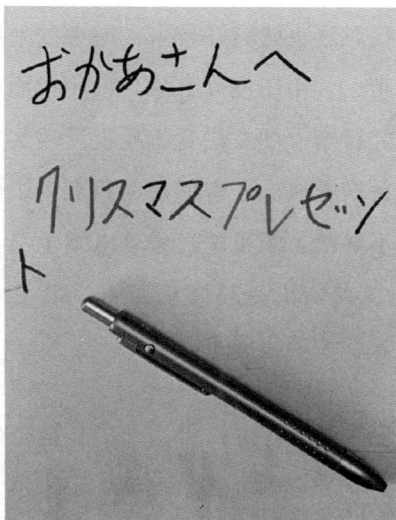

儿子送给我的弥足珍贵的礼物
（图中文字：给妈妈的圣诞礼物）

没钱也能积极乐观的秘诀

随后，我毅然决然离开娘家，搬去别处居住。我的朋友们过来帮忙，由于没什么家具，用小面包车来回拉两趟就能搬完行李。朋友们觉得我也没钱买家电，便凑钱送了我一台洗衣机。还有朋友为我准备了便宜的二手冰箱，他家不要的、笨重的显像管电视也给我了。多亏了一群朋友，我只花一万日元买了一张餐桌和四把餐椅，新的小家就大功告成了。

转念一想，我正好可以借这个机会换个好心情，从头再来。但负债已然增加到了 5000 万日元，哪怕我再怎么拼命去还，算上利滚利，本金还是一分钱也没少。可我并没有意识到问题的严重性，还继续借钱，用于还债和生活开支，导致债务反而越来越多。

结果还款逾期了，催收电话一个接一个，只要铃声一响，我就心惊胆战。

到最后，我兜里只剩下两块钱，因为欠了两个月的电费，电力公司两次突然拉了我家的电闸。不缴费的确是我的错，但我正在工作时突然停电，电脑里的数据一下子就没了。"停电之前给我说一声也行啊，没电我怎么赚钱交电费啊……"我为自己的想法感到悲哀。

即便如此，我仍然告诉自己要积极乐观地思考。举个例子，人们一般认为富人们的钱很多，我的一位朋友资产雄厚，拥有许多房产，但手头随时可用的现金却时常不足。想到这里，我便宽慰自己要乐观地看问题："对我来说，孩子就是最宝贵的资产，多少钱也无法衡量，所以我和拥有高楼大厦的富豪差不多，都只不过是不能变现罢了。"

虽然孩子的价值无法用金钱衡量，但既然日本政府的一般会计预算和特别会计预算加起来是 300 万亿日元，孩子的价值应该超过其中的百分之一吧？实际上这是不可能的，我却认真地计算了一下，于是我意识到了"我家有 3 万亿无法马上变现的资产"，从此便怀着富足的心态生活下去了。

日记的起点——"真的能心想事成吗？"

那时，我结交了一位好友，名叫小米。她是个才女，和我同时期创业，对我帮助良多，让我学会了许多原本不擅长的事。

我至今仍在写的博客，一开始就是她手把手教我的。第一次举办讲座时，在现场帮我拍照的也是她。我的事业草创之际，经常来照顾生意并且不要折扣、按原价支付的还是她。她仿佛空气一般，自然而然地陪在我的身旁，总是引领我往好的方向发展，我觉得她简直就是个天使。

一天，我俩在一起闲聊，谈论推进工作的方法和感兴趣的事，聊到了拿破仑·希尔的《思考致富》一书，书中说"你能想到什么，就能实现什么"，我们很好奇，这种"心想事成"真的存在吗？

"咱们来验证一下吧，用什么方法比较好呢？"

"今天过得真开心！"我们打算假装日记是当天晚上写的，想象出当时的心情，提前在早晨写下来。我们很兴奋，觉得这是个好主意。

假如事情真的按照我们的意愿发展，那就可以确认早上写下的文字能够成为现实。一直心心念念想着某事可能会适得其反，不过对写日记来说，人们经常写完就忘了，没什么大碍。而且这种方式能让我们带着好心情开始新的一天，百利而无一害。

小米还说："咱们每天互发信息，只告诉对方已经实现的事情。"

那段时期，我长期经受各种折磨，对他人缺乏信任，虽然一直在努力改变自身的境遇，但总是下意识地往坏处思考，言行举止常常带有负面情绪。小米很聪明，她从不强迫或讽刺挖苦我，而是潜移默化地改变我的想法和言行。在我看来，即便不是她有意而为之，凭直觉她也会这样做。

于是，我决定用儿子送的那个珍贵的笔记本来写日记。

心想事成的书写秘诀

从第二天起，我们开始分享当天实现的事情，这种方式为我带来了一段宝贵的时光，让我在艰难的日子里从心底萌生出希望和慰藉。当时的情景历历在目，仿佛刚刚发生过一样。

最初，我打算先写一些简单的事情，比如"今天乘坐京阪特快列车去大阪了，行程很舒服"。

没过多久，不可思议的情况出现了，我正好赶上有空位。那时车厢内很拥挤，在我面前坐着的人不知是想起忘带东西了，还是坐错了车，突然起身冲向站台，把座位空了出来。

我们每天兴高采烈地谈论日记里化为现实的事情，我越来越期待写下并分享"未来日记"，看看到底会发生什么事。

当然，也存在没能实现的情况。我无比渴望尽早还清欠款，把这个愿望反反复复写在日记之中，但收效甚微。我也会把一些不足为外人道的话写进日记，反正没实现的事也不用分享，心里没什么负担。

一天，我忽然心血来潮，重新翻看了之前写的日记，把已经实现的事情用笔圈起来，发现了它们似乎具有固定的书写方法——这些事情都是以十分简洁、正确、优美的文字写下的，并都是用"感激不尽""开心""高兴"等表达积极情感的词语来描述的。

相反，有些事没有实现，或许是因为怀着一种"不达目的不罢休"的执念。我明明感觉写得很认真，却把这件事写得冗长拖拉，不知所云，字里行间弥漫着牵强生硬的感觉。

第二天，我把这个发现告诉了小米。不愧是我的天使，她发自内心地替我高兴。

愿望实现也未必是好事

后来，我渐渐摸清了写"未来日记"的门道，还学会了"写中作乐"——时而想象出一个名叫"金妮"的魔法师，在日记里请她施法，时而向宇宙祈愿。

那时我特别希望实现的愿望是赶快还清一笔一直被催收的 870 万日元的债务，所以我在日记里对"金妮"写下了这些话。结果在我用不同的写法反复尝试的过程中，发生了一件令人惊讶的事。

在帮我搬过家的朋友开的餐馆里吃饭时，我偶尔会遇到一位男士。某日，他坐在我旁边，突然毫无预兆地和我搭话："我爸妈存了好几千万日元，躺在账上也不用，我想拿来投资。"

人们通常不会对不熟悉的人说这种事，所以他让我觉得很奇怪。放在平时，我大概会附和一句"哎哟，这么大一笔钱呐"，便溜之大吉了。可我蓦地灵光一闪："该不会是'未来日记'起作用了吧……"

"其实我正在做生意，正愁缺资金，可以的话您是否考虑投给我？"听我这么一说，他居然立马答应道："好啊。"第一次聊天就如此爽快地答应了，我越发感觉不对劲。我根本不了解对方，不知道事情会怎样发展，而且这件事本来就不靠谱，他一定是在开玩笑吧。

然而，他真的分三次把钱投给了我，更加神奇的是，总金额不多不少刚好是 870 万日元。

不过最终我没能好好把握住这份幸运，好不容易拉来了资金，但在取得成效之前耗时颇多，未能按照约定的期限让他获得投资收益。

恰逢那时投资人身体有恙，经济形势也不好，他要求我尽快还钱，所以这870万日元又变成了负债。为了还钱，我又几经周折。

这次惨痛的经历让我明白，"未来日记"的写法决定了不同的结果，就算愿望实现了，也分为幸运和不幸两种情况。换句话说，正确的许愿方式让我们心想事成、收获幸福，错误的许愿方式则可能招致不幸。

关键在于是否幸福

几个月来，我和小米一边分享实现的愿望，一边持续写下"未来日记"。在此期间，我曾经的那种认为自己很不幸的思维定式一扫而空，不管是那三个用虚假工程诈骗我们的客户、不待见我的亲戚们，还是把我赶出家门的母亲，我内心长久以来对他们的愤懑都得以治愈、渐渐消散。

虽然我的处境尚未完全好转，但已慢慢恢复向好，于是我们的分享自然而然地结束了。

用儿子送给我的笔记本写下"未来日记"，和好友分享，不断试错，这几个月的时光意义非凡，给我留下了宝贵的回忆。

经过这段时间，我确认了"想法可以变成现实"这件事。如果心中藏着愤怒、悲伤、寂寞、过于执着等负面情绪，即使脑子里想的是好事，事情也会朝着不好的方向发展变化——我在"未来日记"里写下希望得到870 万日元，正是一个典型例子。我仅仅写了"获得额外收入"，却忽略了"在幸福中实现"的问题，因为我满脑子都是金钱，顾不上提及幸福了。当然，这并非我的本意，不过白纸黑字写下的内容也不可否认。

　　我没写清楚"在幸福中心想事成"，所以又吃了不少亏。好在自己勉强把问题解决了，才松了一口气。我很庆幸没有出现不可挽回的结果，比如因突然失去深爱的家人而获得保险赔款……

　　因此，我们写下愿望时，必须包含"幸福"一词。本书所附"未来日记"中提供的都是以幸福的方式实现愿望的范例，请大家放心地描摹。

人生就此开始改变

　　这本日记让我明白了，心想事成并非痴人说梦，而是平凡至极的事实。在写"未来日记"的过程中，我发现了一些颠覆常识的事，并逐渐相信这些事都是真的，让它们成为我的新常识，我的人生就此开始改变。

　　熟门熟路后，就算没有了"未来日记"，渐渐地我也能做到心想事成了。通过在日记里"未卜先知"地写下希望发生的事情，我意识到了内心深处积郁的悲伤、愤怒、怀疑、不安，并能不断地把它们"改写"为幸福和感恩。如此一来，我潜意识里的所思所想也不知不觉地产生了变化。

我一边确认，一边体验，把这些事实记录在笔记本上，它成了我专属的"指南针"。无论何时，无论何地，它都能马上将迷茫不前的我引向通往光明的路上。

我原本性格开朗，乐于交际，每天过得很快活，但后来经历了很长一段时间的辛酸坎坷，心里总是充满了愤怒和不安。

人世间依然闪耀着希望的光芒。无精打采、灰心丧气的人只要慢慢抬起头，便能察觉那束光的存在，发现远方的明亮，一步一步走向希望。

此时，希望的光芒不在乌云之上，而是在我身旁，在我心中——我的儿子就是这束光。我兜兜转转，才摸索到他为我照亮的出口。

此间，始终默默陪伴着我的是"未来日记"，以及坚持写"未来日记"的自己。悄无声息之中，在"未来日记"的帮助下，我与自身最宝贵的品质长期保持着对话。我终于明白了，"全世界最强大的同伴就是自己"。这句话点明了事物的本质，揭示了幸福的源泉。

想不出有什么好事可写？

确信"心想可以事成"之后，哪怕出现突发情况，令我内心产生动摇，我也可以迅速与自我对话，转换心情，朝着有光的方向继续前行。我用适当的方式将想法变为现实，并灵活运用于不同领域、不同用途之中。

我写的关于打造招财吸金的家庭空间的书籍接连出版，累计销量超过 6 万册，举办的讲座颇具人气，委托我做室内设计方案的公司也比以前多了不少。我的生活焕然一新，完全不同于以前上班和帮助打理家里生意的时候。我花了 10 年时间，还清了 5000 万日元的欠款，过上了自由自在的幸福日子。

那阵子，我又新结识了一位好友，滨田真由美女士。有时我们一起开办讲座，传授"快乐实现愿望，享受幸福生活"的方法。一天，我们正在商量下次讲座的主题，我忽然想起了"未来日记"的事，在征得提出这个"金点子"的小米的同意后，我开始在讲座中介绍"未来日记"。

但参加讲座的学员却觉得没什么效果，我试着打听原因，有人说是因为想不出有什么好事可写，无从下笔，所以写不下去了。

曾经我也经常想不到提前写一些什么好事情，而且搞错了"未来日记"的写法和用法，遭遇了一次又一次的失败。

当我越走投无路之时，我越想拼命抓住我的救命稻草，这根稻草正是"未来日记"。我锲而不舍地写，就算失败也要不断试错，进而找出了其中的窍门，最终得以灵活自如地使用它。

　　我下定决心一定要让儿子幸福，于是在写"未来日记"的过程中写写删删、修修改改、添添补补，逐步寻得了其中的要领，这大抵就是绝处逢生吧。

　　参加讲座的学员们不像我当年那样穷困潦倒、山穷水尽，他们的愿望是处理好日常生活中的人际关系，工作顺利，朋友和睦，安稳富足，日子过得一天比一天好。

"就是这个！开始描摹吧。"

　　因此，我和真由美决定在我位于京都的家中，一起亲手制作记录"未来日记"范例的小册子。中途我们想休息一下，去附近散了散步，偶然走进一家专营和纸的商店。我不经意间看到一样东西，大吃一惊道："就是这个！"

　　映入眼帘的是许多和纸专卖店均有销售的，用于抄经的日式宣纸。

　　我和真由美曾在高野山的寺庙借宿，在那里抄写过经书。一开始，我只是为了抄而抄，写着写着就想要"把字写得漂亮一点儿"，却反而写得歪歪斜斜。当我抛却杂念，心无旁骛地描摹时，果然越写越好看。这种现象值得思考，我觉得这就是进入了所谓的"心流"吧。

我对真由美说："要是大家实在想不出来写什么好，那就让他们描摹吧！在描摹过程中体悟如何做到专心致志，这种感觉和实现愿望的感觉是一样的！"她十分赞同。我们便赶紧回家，一鼓作气考虑好描摹的内容，并设计版式，打印样稿，"未来日记"就这样完成了，不过它最初并不是一本书，而是手工制作的小册子。

仅仅写一周感受不到明显的变化，所以我们给每个星期设定了不同的主题，需要连写七周，四十九天。刚开始很简单，后面难度日益提高，让书写者描摹的心境也随着日记的内容潜移默化地改变。

我们兴奋地制作着"未来日记"，希望这样的描摹能够给更多人带来一帆风顺。

践行"未来日记"，轻松实现愿望

我们在讲座中使用了这本小册子，大家纷纷实践，很快收到了下列种种反馈。

- 原定于几天后支付 27 万日元，一直很担心能不能备齐全款，所以在"未来日记"里写下"资金安全顺利地周转了！"，没想到很快收到 37 万日元的打款！非常感谢！

- 公司的销售额相比去年下降了 20.2%。通过学习写"未来日记"，我掌握了技巧并付诸实践，公司第二个月的销售额环比增长了 51.4%！真是太神奇了！

- 为了配合第一周的主题"小幸运"，我调整心态，做好迎接幸运的准备。写到第 9 天时，领导慰劳我说"工作辛苦了"，还送了我一个蛋糕。我的眼泪夺眶而出，对领导越发感谢和尊敬。

- 搬家时，我想要一笔钱来买新车和新的生活必需品，于是写下"进账了 500 万日元的现金！"，三天之后真的收到了 500 万日元！本来以为这笔钱打水漂了，结果不费吹灰之力收回来了。这简直是奇迹！

- 以前我常常焦虑不安，连续写了 49 天"未来日记"后，现在的我希望过上开朗、快乐、充满活力的人生。我已经七老八十了，特别想"在搬家前和老朋友们见个面"，之前因为各种原因以为不可能了，没想到真的实现了！谢谢真由美、弘美，太感谢你们了！

- 今天早上进入了第三周。以前老公总是埋怨我花钱大手大脚，今天却说"谢谢老婆愿意节省"，吓我一大跳。我一定要把"未来日记"不断写下去。

- 坚持写了 49 天，换上第二本日记了，今天是第 52 天。往年过生日时老公只晓得给我发邮件，这次竟然亲口对我说"生日快乐"。应邀参加了偶像的工作坊，现场所有人都沉浸在爱的能量之中，仿佛奇迹般的体验。想和关系很好的朋友一家人去温泉旅行，因为时间冲突一直未能成行，最近终于如愿以偿了！

- 即将收到第二本"未来日记"。开始接触心驰神往的尤克里里，朋友也变多了，还发生了许多巧合的事，我的自信心大大增强！真由美、弘美，感谢你们制作了"未来日记"。

- 最初只写了两天，一年半后重新开始写，现在是第二本了。我每天都写"中了彩票",谁知一个月后真的中了 1 万日元!后来后悔怎么没把中奖金额也写上!之后我写了"做自己喜欢的工作,为他人带来快乐",一年后我创办了自己的网站,渐渐搞得有模有样。

- 今天是开始写"未来日记"的第 18 天了。回头看之前写的内容,虽然全是些小事,但八成左右都实现了。比如我在二手货 App 上卖出去不少东西,房间打扫得很整洁,丢失的钱包也找到了。我还学会了面对逆境时如何转换心情。

- 第 3 天时写下"勇于断舍离",第 5 天终于迈出了犹豫已久的一步。决定卖掉的东西卖了个好价钱,获得了超过 15 万日元的额外收入。

- 第 3 天,我在"未来日记"里描绘了理想中的家,大约 8 天后,家人突然聊到要翻新房子!后来竟然提出干脆拆了重建!还规划了我梦寐以求的私人工作间！

- 第 11 天，我写了关于做饭的事，自己一直没自信能做好，也不怎么喜欢。但两个月后，我吃到自己做的饭不禁发出"哇！真好吃！"的赞叹。我发现自己居然能高高兴兴地做出美味佳肴，别人尝了也觉得味道不错。

- 第 43 天，我写下一句话："不管发生任何事，都是命运最好的安排！"那天不知为何我突然有点儿郁闷，临时取消了和朋友约好的出游，结果那天刮起了台风，交通瘫痪了，而且我出乎意料地收到了三份朋友送的精美的礼物。

- 第 24 天，我在"未来日记"中描述了理想中的男性的样子。那天和朋友出去吃饭时，一位和我年纪相仿的男士大方地和我搭话，我的第一反应就是"未来日记"里写的东西或许真能实现啊。

- 写下"得到了意外之财"后，谁知我真的抽奖中了 1 万日元的高级餐饮券。

- 进入第 4 周了，我写下："改进了工作方法，很快就能得心应手地开展线上办公了。"变化逐渐显现出来，有一档网络广播节目突然问我能否参加！

作为本书的作者之一，真由美也从头开始，每天坚持写"未来日记"。她讲述了两件发生在自己身上的大事。

- 第 6 天我写的是一件东西的名称。我一直很想要它，可是太贵了买不起，只好放弃。后来我想到了一个负担较小的好办法，终于把它买下了。

- 9 月 6 日，我写了一段话："为了让有迫切需求的人尽快拿到'未来日记'，我精心制作了预售网页。感谢弘美教会了我很多东西，而且'未来日记'已经确定要出版，一切事情果真顺其自然

地发展成了最好的状态。"9 月底，弘美告诉我
"联系好出版事宜了"。10 月 7 日，接到出版社
通知"出版方案顺利通过"！

那个特殊的笔记本将我从人生的谷底拯救上来，帮
助我发现了让愿望化为现实的诀窍。我们把十年间的点
点滴滴凝结成了一本只需描摹 49 天就能实现愿望的"未
来日记"。

请收下这本创造了无数奇迹的"未来日记"吧。

第一章

你希望今天发生什么好事?

"未来日记"的写法和用法

利用早上时间写下希望今天发生的事

"未来日记"的目的是帮助你实现梦想和愿望，所以和普通的日记有所不同，你只需在每天早上写下你希望当天发生的事情。仅此而已，非常简单。

为了提升愿望实现的概率，我们精心设计了"未来日记"的形式和内容，请读者朋友们来试一试。

写"未来日记"的三个步骤

①写下今天的日期。

②一笔一画地专心描摹用浅灰色字体印刷的
　文字。

③围绕当周的主题，用过去时写下你希望发生
　的事。

第1天　　　　　　　　年　月　日　　← ① 填入日期。

早晨的3分钟是黄金时间。想象一下今天将是美好的一天，从今天开始写未来日记。　　← ② 专注地描摹。

工作顺利开展，超过预期，同事很满意，我也很高兴。　　← ③ 在描摹的句子后面，用过去时写下你希望发生的事。

备忘录

← 1～2周后重新翻看，写下你发现了什么。

提高实现概率的十大要点

要点 1

确保留出 3 分钟

在一天之内，无论你一口气写多少页"未来日记"，都无法得到预想的效果。假如我们强迫自己一次性完成某件事，大脑会把它判断为"第一次的体验"，做这件事就需要耗费大量的能量。举个例子，你初次接触某种乐器，只在当天练习了一个小时，此后再也不练。这样一来，哪怕几年后再练一个小时，以前学的东西也忘得一干二净了。这样是不可能学会的，所以每次练习必须投入相同程度的注意力。

相比之下，短时间练习后去睡一觉，睡醒后再进行练习，再睡一觉，像这样按照相同的节奏反复训练相同的动作，身体的记忆就会从大脑转移到小脑，由体感来记住动作，你就可以几乎不用耗费能量，便能下意识地做出这个动作。

比如你每天都练习某种乐器，慢慢就学会演奏了，往后的某一天突然开窍，进步神速，到最后闭着眼睛也能表演。一旦学会，即使一段时间内没有碰乐器，多年之后照样可以不假思索地弹奏一曲。还有一种说法是某件事在短时间内重复 36 次就能转化为长期记忆。

因此，作为"自己的专属时间"，请你务必确保每天早上留出一点时间，3 分钟即可。

要点 2

循序渐进

第 1 周　小幸运

第 2 周　工作、家务、学习

第 3 周　新习惯

第 4 周　好心情

第 5 周　富足

第 6 周　自己的魅力

第 7 周　"神同步"

　　按照以上顺序，每个主题写 7 天，坚持 7 个星期，共 49 天。即便你有很想要马上实现的愿望或感兴趣的主题，也请你先从第 1 周的第 1 天开始，按照顺序每天写一页。日记的设计循序渐进，引导你从简单的、很快就能实现的事开始，发现自己真正想要的东西，一步一步迈向第 49 天。

　　这样做的好处是能够让你体会到，开头写下的小小"预言"真的可以实现。正如第三章将要介绍的体验者反馈一样，一开始写日记你就能感到"哇！这是真的啊"是非常重要的，因为"太开心了！我要继续写"的心情有助于进一步提升愿望实现的概率。

要点 3
专注地描摹

　　写日记之前，请你先深呼吸，然后专注地描摹印在纸上的浅灰色句子。其实，这一小段描摹的时间具有特殊作用，更容易引发体验者所说的各种幸运和奇迹般不可思议的事情。因此，一定要先认真描摹，在描完之后，再写下你希望今天发生的事。

要点 4

根据当周主题，用过去时写下简洁的短句

从较容易实现的主题开始，按顺序对照当周的主题，描摹浅灰色句子，并保持与之相同的心情，继续往下写，你想写什么都行。

在写你希望发生的事时，语句要用过去时，就像这件事已经实现了。例如，"我做了某件事，可开心了"。使用简洁、短小、优美、正确的词语可以提高心愿实现的概率。

从希望今天发生的小幸运写起，愿望很快就会变成现实。只要体验过一次心想事成的感觉，你就会更加感兴趣、更加开心地写"未来日记"，更加期待下次会发生什么事。

我们的思维随着每天写"未来日记"而得以转变之后，大一点的愿望才更容易实现。所以不要急着一蹴而就，从微小的幸运着手，一步一个脚印，摸索窍门，不断前进，这样才能少走弯路。

当你获得了 1 万日元的额外收入，你心想"早知道就写 1000 万日元了"，接着赶紧写下来，这种感觉刚刚好。

写完第 7 周那几页日记时，假如发生了一些好事，你会觉得这应该不是偶然，而是自己写的日记激发了"神同步"。

要点 5

句末添加表达感情的词语，
体会愿望实现后的心情

　　一定要在句子末尾加上"谢谢""太好了""太棒了"等表达感谢、高兴等心情的词语，这也有利于实现愿望。如果不知道写什么，最后一句只写"太感谢了"就行。

　　我花了相当长的时间才明白了一个道理—— 凡事都很顺的人总是拥有良好的情绪，比如惊喜、开心、兴奋、感激等。假如你只是在"未来日记"里了无生趣地描述一下事情的结果，那么即便脑子里能想象出来那件事，也无法用心细细品味。

　　请记得在日记的结尾加一些表达良好情绪的词语，让自己置身于愿望真的实现、当天晚上带着好心情写日记的情境之中，也就是说把它当作一场心想事成后的演习，提前感受一下那种心情。

　　尽量饱含感情并大声地读出描摹的文字和自己写的内容，这样你就可以更加深刻地体会到愿望实现后的情绪。默读的方式是依靠眼睛接收信息，而出声朗读能够通过骨传导，同时收到来自耳朵和体内的声波振动，即从外部和内部两种途径接收信息（约有 10% ~ 90% 的信息会经由骨传导传到体内，比例因人、内容而异）。因此，出声朗读更容易全身心地体悟。

　　另外，"预祝"也是一个好方法。自古以来日本就有"预祝"的习俗，例如为了祈求稻米丰收而在樱花树下赏花，以此提前庆祝丰年，这正是一种"预知"。读者朋友们也在"未来日记"里提前写下"恭喜恭喜"吧，"预祝"自己梦想成真。

要点6

想不出写什么时可以只描摹

我们一字一句反复打磨"未来日记"，力求让你仅凭描摹就能获得好运，这一点不必担心。

想不出来写什么时，如果还绞尽脑汁思考，或者硬着头皮写下违心的内容，反而会帮倒忙。只描摹那些浅灰色的文字，对你的内心也能产生实实在在的作用。如果你连描摹的时间都没有，大声读一遍也行，没法出声就在心里默读，总之要灵活运用各种方式，坚持下去。

要点 7

不能做到每天都写也不要担心

"未来日记"写得越久，效果越明显。写着写着，此前在无意识中形成的认为"未来日记"毫无用处的思维定式会逐渐消失，最终被完全替代。不要因为中间断了一两天就放弃了，那实在太可惜。不要说"果然我做任何事都3分钟热度"，不必垂头丧气，不必责怪自己，时断时续也没有大碍，重新开始往下写就行了。

"我一定要每天写！"如果你带着压力反而无从下笔，所以别勉强自己，读一读、看一看浅灰色的文字即可，贵在持之以恒。

要点 8

不要天天回头看之前写的内容

不要天天回头看之前写的内容。试着写一两个星期，再总体回顾前面写了些什么，如果有的愿望实现了，或者你有所发现，就把情况写在备注栏里。

人们常常用记笔记、写便条的方式来记下某事，图个放心，结果忘得更快了。例如在本子上写下了待办事项的清单，人们觉得写完之后就放心了，没必要记住，忘了也没事，并把注意力集中到眼前的事情上。换句话说，人们容易对写过的事物放松警惕，而更加关注此时此地的问题。

假如你每天回头翻看之前的内容，就会想起那些好不容易不再惦念的事情，反而又开始担心起来。

"未来日记"正是利用了人类写完就忘的习性，让你忘却心中的执念和担忧，从而加强实现愿望的效果。

要点 9

用喜欢的笔写"未来日记"

写"未来日记"的笔要尽可能用着顺手,便于书写,设计感强,讨人喜欢。虽然是个小细节,但这能让你更平心静气地描摹句子,效果会更明显。

要点 10

只分享实现了的事情

如果你的朋友也在写"未来日记",那你们可以相互分享一下已经实现的事情。如此一来,大家都能愉快地继续写下去,提高做事顺风顺水的概率。

"未来日记"诞生于我和好友小米的信息共享,之后我又和真由美保持交流,并持续至今。许多看似不可能的愿望都变成了现实,连我们自己都觉得匪夷所思。

这一次,我们建立了一个网上聊天群,以便"未来日记"的读者朋友们相互交流分享。想必大家都会对别人身上发生了什么事感到好奇吧？

运气会"人传人"，听一听其他人的经历，你也能收获同样的幸运。请试一试别人的技巧，学一学别人的词句，为彼此的心想事成而高兴吧。因为只分享实现了的事情，所以不想说的事可以不说，进展不顺利的事也无须透露，伤心难过时也不用为了面子而假装成功了。总之，这是一个没有谎言和虚假的空间，只要愿意，任何人都可以参加。

写"未来日记"的方法很简单，这里再强调一遍。

①写下今天的日期。

②专注地描摹浅灰色的文字。

③围绕当周的主题，用过去时写下你希望发生的事。

希望大家在使用"未来日记"的过程中，都能逐渐掌握以上十大要点！

"未来日记"书写范例

描摹完浅灰色字体之后，可以用自己的话写下你希望发生的事。很多人不知道写什么才好，所以我们准备了一些范例供你参考，快从"小幸运"开始尝试吧！

第 1 周 | 小幸运

- 平时都没座位，没想到今天车上都是空位，真幸运啊。
- 差点儿没赶上公交车，但是车居然晚到了 3 分钟，我坐上了，太幸运啦！
- 突然好想吃咖喱，回家一看，晚餐真的是咖喱饭。
- 学长请我喝了一杯果汁。
- 去了咖啡店，才发现杯子容量比我想象中的大。
- 坐公交车时，旁边坐着的男生好帅。

- 进入停车场，刚好有一辆车开走，我马上停进了那个车位。

第 2 周 | 工作、家务、学习

- 今天工作 / 做家务 / 学习时的心情比平时好。
- 能够专心致志地复习备考 / 写策划书 / 做美食，真好。
- 我提出的项目 / 想法通过了，真开心。
- 早上按计划开展了工作 / 学习 / 做家务。
- 销售额增长了。
- 收到了客户发来的感谢信。

第 3 周 | 新习惯

- 打算从今天开始早起，定了 5 点 55 分的闹钟，果真按时起床了。
- 今天吃饭时细嚼慢咽，没吃多少就饱了。

- 早晨去散步了，心情很舒畅。
- 对便利店的店员和公交车司机说了"谢谢"。
- 打扫干净房间后去上班了。
- 拒绝了不想去的邀约。
- 最近吸烟／喝酒／冲动消费的次数减少了。

第 4 周 | 好心情

- 去车站的路上，我对经常擦肩而过的人说了声"早上好"，对方也用灿烂的笑容向我问好，我很高兴。
- 运动了一下，出了出汗，神清气爽。
- 下班前 5 分钟我就完成了工作，还准备好了明天的事，心情很好。
- 正在国外旅行的老朋友从当地给我寄来了信，我开心得不得了。
- 今天心情很好，睡得很香。

- 悠闲地品尝了最喜欢的咖啡，享受了慵懒的时光，感到很放松。
- 看到了某人的笑容，太幸福了。

第 5 周 | 富足

- 一直想买的衣服特价销售，半价买到手了。
- 吃到了美味佳肴。
- 打开水龙头就有清澈的水可以用。
- 把在便利店找零的五块钱捐了出去。
- 寒冷的冬天也能睡在暖和的被窝里。
- 遇到困难时朋友 / 家人 / 同事会来帮我。
- 今天又看了搞笑节目，让我哈哈大笑。

第 6 周 | 自己的魅力

- 一直以为自己做事比较慢，给同事们添麻烦了，没想到领导表扬我说"干得不错，你工作很严谨"。
- 自己眼中的缺点得到了别人的称赞。
- 非常讨厌做家务，但自认为整理和收纳做得还行。
- 懂得了再厉害的人也有不完美的地方。
- 对自己说了"干得漂亮！"。
- （某方面）与昨天相比进步了一点点。

第 7 周 | "神同步"

- 正想给某人打电话时，对方发来了信息。
- 在书店里随手拿起一本书，发现里面写着我寻觅已久的答案。
- 刚想到香蕉，就看到收银台前一个正在排队的人穿着香蕉图案的 T 恤衫。
- 没赶上车，结果在车站与高中同学不期而遇，聊了聊举办同学聚会的事。
- 一直很想吃一种甜点，刚好有客户送了我一份当礼物。
- 一天之内两次巧遇同一个人。

未来日记

未来日记

第 1 周

小幸运

从前的你

总盯着不好的事。

↓

未来的你

开始注意积极的一面，

在不知不觉间"选择性关注"开始发挥作用。

早晨的3分钟是黄金时间。想象一下今天将是美好的一天，从今天开始写未来日记。

备忘录

体验就是一切。我体验到日记中写的每件微小而美好的事都已成真。

第3天 年 月 日

快乐的事情源源不断，
我逐渐享受到了写未来
日记的乐趣。

早晨的心情决定一整天的生活。我把目光投向了积极的一面，于是发生了许多小确幸。

幸运的秘诀在于保持好心情，今天一整天我都心情舒畅。

备忘录

任何事物都有两面性，
我学会了从好的那一面
去看待事物。

备忘录

第7天　　　　　　　　　　　年　月　日

我才发现，
原来许多美好的事物自
己早已拥有。

第 2 周

工作、家务、学习

从前的你

以不情愿的心态工作、做家务、学习。

↓

未来的你

转变视角，从工作、家务和学习中找到乐趣。

只要功夫深，铁杵磨成针。我像写情书一样认真对待所写的一笔一画。

行动要快，创意要活。
我今天早早地完成了日
常工作，发挥了创造性。

备忘录

一切物质都是由原子构成的。我像爱护自己的身体一样，把家里打扫得很干净。

备忘录

美味来自爱和用心。
心里装着重要的那个人
和自己，我做出了好吃
的饭。

衣服是身体的保护层，
今天比平时更仔细地清
洗了衣物。

备忘录

学习从模仿开始。

仿照成功人士的做法去做事，事情推进得更顺利了。

备忘录

学习使我成长。
我学习并掌握了许多日
后能派上用场的事。

备忘录

第 3 周

新习惯

从前的你

某些习惯一直未能养成。

↓

未来的你

开始觉得或许能养成一些习惯。

习惯决定人生。

我学会放下了过去的一些没有用处的习惯。

备忘录

鼓起勇气拒绝是一大进步。我推掉了不想参加的应酬。

备忘录

一想到可以暂时休息一下就很轻松。

今天暂时放下了一个想要戒掉的习惯。

备忘录

决心的强弱与结果成正比。我已决定放弃一个过去的习惯。

备忘录

第19天　　　　　　　　　年　月　日

千里之行始于足下。
我今天开始了一项新的
习惯。

备忘录

哪怕有中断，只要一直坚持，就会形成习惯。今天我又养成了一个新的习惯。

备忘录

习惯造就了我的一切。
不知不觉中，我养成了
一个无须刻意提醒自己
就能完成的新习惯。

备忘录

第 4 周

好心情

从前的你

一直带着坏心情过日子，诸事不顺。

↓

未来的你

能够心情愉悦地生活，好事连连。

让影响心情的画面和声音从生活中消失。

今天学会了不去看影响心情的事物。

备忘录

我学会了转换频道，
开始意识到，
只去看能够为自己带来
好心情的事物就好。

备忘录

我开始有意识地去听让自己心情愉悦的声音，自然而然地开始过滤进入耳朵的声音。

备忘录

我今天关注了自己的内
在。试着思考什么事会
让自己心情舒畅。

备忘录

第一次的挑战给我带来活力。今天尝试做了一直以来跃跃欲试的事情。

备忘录

今天保持了内心的平和。
发现自己逐渐能够保持
良好心情。

备忘录

心情是一种预兆。
我开始觉察到愉快的心
情会让好事发生。

备忘录

第 5 周

富足

从前的你

觉得自己没钱，要什么没什么。

↓

未来的你

开始关注现在拥有的东西。

日常生活中充满非凡的富足。我开始思考那些过于平常以至于被我忽略的富足。

备忘录

我开始留意到生活用具的丰富。发现自己不懂原理也能够使用电灯、手机等，这也是一种富足。

备忘录

感谢随时与我同在的身躯。感谢神奇的身体让我活动自如。

活着就是一种富足。

以极小的概率诞生于世上，我心中十分满足。

助人为乐也是一种富足。

今天的我待人热心体贴，

保持内心丰盈，

于是就发生了有趣的事。

备忘录

我还拥有许多看不见的
富足。能够从容不迫、
精神丰富，本身就是一
种幸福。

第35天   年　月　日

原来一切早已存在于身
边。我懂得了要对事物
的本真状态心存感激。

....

....

....

....

备忘录

第6周

自己的魅力

自己的个性

从前的你

不喜欢自己，这个也不会，那个也不会，
觉得自己没有魅力，经常感到自卑。

↓

未来的你

发现过去眼中自己的缺点其实是个性，
找到了发挥个性的契机。

残缺的圆比完整的圆更吸引人。自己眼中的缺点或许正是自己的魅力所在。

缺点其实体现着个性。
我自己认为的缺点，
却被别人称赞"这才像
你嘛，特别好"。

备忘录

今天收获了谢意。发现自己擅长的某件事情能够获得别人的感谢。

备忘录

做自己喜欢的事情才能有所进步。

今天做了很久喜欢的事情，全神贯注地投入，甚至忘记了时间。

备忘录

在遗憾之中，可能会诞生机会。

只要能善于利用这一点，我就很强大了。

备忘录

宁静的时光塑造个人魅力。

我决定精心打磨自己的专长，变得更有自信。

备忘录

内在的闪光点更具吸引力。我懂得了如何磨砺真实的自我。

第 7 周

"神同步"

从前的你

即使发生好事也觉得只不过是偶然。

↓

未来的你

觉得自己的所思所想或许会"神同步"地出现在眼前。

一些觉得只是偶然的事情，或许的确存在意义，是必然中的偶然。

备忘录

连续两次的偶然即是必然。今天两次听说了相同的事情。

备忘录

直觉是隐隐约约的感觉。
无意之中选择的东西为
我带来了有趣的体验。

备忘录

直觉的"有效期"很短。
想到了什么我就立刻去
做了，果然很顺利。

备忘录

我开始留意生活中的一些预兆，能够注意到"神同步"出现的前兆了。

备忘录

频繁出现的"神同步"经历，让我确信了它的存在。

备忘录

人生没有偶然。

我开始领悟到一切事情皆为必然，所有事情都是人生中的宝贵经历。

备忘录

年　月　日　　　　　　　　　　　　　　　　第　天

备忘录

第　天　　　　　　　　　　　　　　　　　　　　年　月　日

备忘录

年　　月　　日　　　　　　　　　　　第　　天

备忘录

第　　天　　　　　　　　　　　　　年　　月　　日

年　月　日　　　　　　　　　　　　　　第　　天

备忘录

第　天　　　　　　　　　　　　　　　年　月　日

备忘录

拥有"好运体质"的人，有很多令人羡慕的特点：

- 财运好、人气佳，学业、事业、感情，诸事顺遂；
- 快乐、自信，生活丰富多彩，更容易心想事成、梦想成真；
- 被满满的爱包围，即使在低谷期也会被世界温柔以待。

而这本书想要告诉你：

"好运体质"不是靠天生，而是靠后天培养！

每天写3分钟"未来日记"，

你也可以成为吸引一切美好事物的"幸运儿"！

"未来日记"的书写方法：

1. 写下今天的日期；
2. 一笔一画地专心描摹浅灰色字体的文字；
3. 围绕当周的主题，用过去时写下你希望发生的事。

简单的书写，却拥有难以置信的力量

大脑和内心发生的积极转变，就是"好运"的秘诀！

从现在开始，用"未来日记"开启新的一天吧！

通过"未来日记"实现梦想的案例数不胜数！

日亚读者纷纷评论："我会把它推荐给所有想要过上更好生活的人！"

第二章

7周内你的思想与内心
会发生怎样的变化?

"未来日记"背后的原理和知识

将现实世界变成好事连连的世界

"未来日记"是一本用来实现你的梦想与愿望的日记。在你的人生中，你最想得到的东西是什么？是理想的人生伴侣、能让自己发光发热的工作、富裕的生活、健康的身体、可以自由支配的时间，还是和谐的人际关系？

在"未来日记"中，你需要用"仿佛事情已经发生"的口吻去记录你所期望发生的事情。本章将解释为什么"未来日记"会如此有效。

大脑只会搜索我们所关注的事情

大脑倾向于搜索我们所关注的事情，例如，我们在面临新的挑战时，如果我们给大脑的信息是"这件事好像很难啊，如果失败了怎么办？不行就放弃吧……"，大脑就会自动搜索"做不到"的理由，结果自然会朝不顺利的方向发展。

而假如我们给大脑的信息是"这件事看起来很有趣，虽然没有做过，但感觉应该能做到，我想尝试一下看看"，大脑则会自动搜索"能做到"的理由，结果就会朝着顺利的方向发展。

接下来请大家做一道题。

请注视下页插图 5 秒，并找出图中共有多少个杯子。

一共有几个杯子呢？

正确答案是 7 个。

那我们再来做一道题，请不要回看上页插图，试着回答这个问题：插图中店铺的名字是什么？

怎么样？是不是大多数人都没有答出来？

记忆率只有 0.00036%

即使是常见的东西，也只有一小部分会被我们的大脑记住。实际上，视野所及的信息大多都不会被我们接收。当然，除了视觉之外，其他感觉也是如此。

美国心理学家提摩西·威尔逊在其著作《最熟悉的陌生人》一书中提到，人类大脑每秒钟会从五感中接收到多达 1100 万条信息，其中能被我们记住的有多少呢？

答案竟然是不超过 40 条，记忆率只有 0.00036%。

也就是说，几乎所有的信息都没有被我们接收。这是大脑的机能所决定的，大脑只接收我们认为必要的东西，从而让我们能够集中精力做重要的事情。倘若把所有的1100万条信息照单全收并转化为大脑记忆，只会让我们崩溃。

试想一下，当我们在咖啡馆和朋友聊天时，如果大脑不加以区分地把周围人说话的声音全盘接收，我们将感到非常嘈杂，无法专注于和朋友的谈话。大脑会在我们没有察觉的情况下，从接收到的庞杂信息中自动过滤出必要的信息，并转化为我们的认知。

0.00036% 的比例到底有多低呢？以阅读为例，相当于你读了110本书，却只记住了其中的一行，而且就因为这短短的一行话，让你坚信"世界就是这样的"。

或者是你明明拥有1000万日元的存款，却只看见了余额里的36日元，然后就天天念叨着"我没有钱，我太穷了"。

生活在 0.00036% 的世界里

读了 110 本书

仅记住了一行！

当你关注黄色汽车之后

那么，大脑是如何从如此庞大的信息量中筛选出那0.00036%的信息的呢？

首先，大脑会选择让你去看那些"你想要关注的事情"。在刚才的答题过程中，因为大脑让你关注杯子，所以你的视线会聚焦到杯子上。与此同时，大脑并没有让你关注店铺的名字，所以你对图片中店铺的名字完全没有印象，是这样的吧？虽然你只从图片中看到了杯子，但实际上店铺名字也在图中。同样的事情在我们的日常生活里时时都在发生。

在这里和大家分享一个真由美的真实经历吧。有一次，真由美要为女儿的万圣节活动制作一件服装，但是缺少布料。她平时很少做手工，所以不是很熟悉哪里可以买到这种布料。于是，她在网上搜索了一下"最近的手工艺品商店在哪里"，结果在她常去的百元店旁边就有一家。

这家店一直就在那里，真由美经常从这家店门前路过，却从来没有留意到它。人们经常对实际存在的事物视若无睹，就像这个事物在自己的世界里不存在一样。

我想大家肯定也有过类似的经历。例如，本来你对英语不感兴趣，某天突发奇想地要认真学习英语，结果就在公交车上看到了英语口语课的广告，或是听到朋友聊关于英语口语课的事情，甚至在视频网站上也出现了关于英语课的广告。

假如你打算买一辆黄色汽车，你会发现满大街都是黄色汽车，而在此之前，路上几乎看不到黄色汽车的影子。你可能认为是买黄色汽车的人突然增多了，但实际并非如此，是因为你开始关注黄色汽车后，大脑收到了这一指令，并有意识地让你的视线转向黄色汽车。

在你的世界里，这 0.00036% 的信息呈现出的是怎样一番景象呢？是你"期待"的世界，还是"不符合期待"的世界？你的选择是什么？又呈现出了什么景象呢？

如果呈现的是"不符合期待"的世界，比如环境破坏、对未知未来的不安、对健康状况的担心、经济崩溃、战争、对过去的悔恨、对他人的怨恨等，这是因为你在不知不觉中把注意力都放在了"不符合期待"的世界上。

让你的大脑开始关注你所期待的世界

如何让你的大脑筛选出的 0.00036% 的信息，呈现出你"期待"的世界，而不是"不符合期待"的世界呢？"未来日记"就是一个能够实现这一目标的工具，它能训练我们的大脑，让它去关注"我想要的"，而非"我摒弃的"。

描摹"未来日记"中浅灰色的文字，可以帮助你关注到那些一直存在、自己却未曾留意的事情，也可以帮你把注意力聚焦在你"期待"的世界上。

例如，"第 24 天"中需要描摹的文字是这样的："我开始有意识地去听让自己心情愉悦的声音。自然而然地开始过滤进入耳朵的声音。"

日常生活中，我们每天忙忙碌碌，可能从没关注过都有哪些声音进入了耳朵。我们有时开着电视去忙别的事情，电视中播放的一些令人难过的新闻、事故以及八卦消息，都在不经意间进入了我们的耳朵。但描摹过上述文字后，你会开始留意那些能够带给自己好心情的声音，进而思考这一类声音都有哪些，然后就产生了"这么说来，我比较喜欢竖琴的音色"之类的想法。

因为你已经注意到了能让自己心情愉悦的声音是竖琴声，大脑就会自动捕捉这种声音并通知你。正因如此，这之后你在打开视频网站时就会"偶然"地听到用竖琴弹奏的音乐，并发出感慨，"啊！这是竖琴弹奏的曲子，听起来很舒服，整个人都心情舒畅了。"

你认为听到竖琴的曲子是"偶然"，是因为你之前一直没有关注这种声音。实际上，这并不是你们的一次"偶遇"，而是你发出了"能够让自己心情愉悦的声音是竖琴声"的指令后，大脑自动帮你搜索找出来的。

我们再以"第 29 天"中需要描摹的文字为例，这段文字是这样写的："日常生活中充满非凡的富足。我开始思考那些过于平常以至于被我忽略的富足。"在现实生活中，我们可能会因为暂时的经济困难而过度关注金钱上是否富足，想着"总是身无分文，要是有一天能有花不完的钱就好了"。通过描摹浅灰色的这句话，你会开始关注那些自己明明拥有的，但因太过理所当然而没有察觉到的富足，大脑也会自动开始搜索。

"因太过理所当然而没有察觉到的、日常的富足……对我来说，到底是哪些呢？对了，家人们身体都很健康，因为太过理所当然了，以前都没有留意到，但仔细想想，这也是一种富足……能够让我注意到这一点，真是太感谢了。"

就这样，我们的思维方式就被正确地引导了。

当我们把注意力转向所期待的世界，大脑就会自动搜寻我们所期待的事情。

有些时候，我们因为没有注意到某种事物就认为它们不存在，其实它们一直是客观存在的，就像前面插图里的店铺名字一样。爱也好、财富也好、幸福也好，这些我们所期待的东西其实早就存在了，只是我们没有看见，没有注意到而已。一旦我们开始关注这些美好的事物，它们就会在我们的世界中出现。

让我们把注意力转向我们所期待的世界，并给大脑下指令搜索相应的事物。"未来日记"就是引导我们这么做的一个工具。换句话说，"未来日记"像是一个电视遥控器，可以帮助你的大脑实现频道切换，帮你从《娱乐八卦、事故事件合集》瞬间切换至《竖琴的诞生与优美音色的秘密》。

让愿望容易实现的心态

如今我们处在一个信息量高度膨胀、凡事都追求速度和效率的社会，互联网和社交媒体上充斥着海量的信息。电子邮件和聊天软件可以让我们发送的信息一瞬间到达地球的另一端。这是一个极度便捷的时代，但与此同时，我们也失去了很多，现在的人们很少会用心地反复斟酌，把自己的想法逐字逐句地写在纸上，并通过书写来直面自己的内心，也很少会空出时间，来一场与自己的对话。

"未来日记"的每一页都有一段可以描摹的文字，

之所以这样设置是有特殊用意的，那就是想让大家通过描摹实现"停止思考，静下心来"。我们每天从早到晚都在不停地思考，有数据显示，人类每天的思考次数竟然达到 6 万次之多。

我们的大脑无时无刻不在高速运转，脑海中不时闪过各种各样的念头，虽然有些想法没有说出来。比如"糟糕！又睡过头了，怎么就忘了设置闹钟呢""今天阴天啊，虽然天气预报说没有雨，保险起见还是带着伞出门吧""啊！有个课题（工作）明天要截止，幸亏记起来了""今天晚饭吃什么好呢"等，这些念头一个接一个地闪过，让我们的大脑没有时间休息和放松。

描摹的正念练习效果

"未来日记"每周设定了不同的主题，并围绕这一主题精心准备了 7 段文字让大家每日描摹。若是像普通日记一样完全空白，由大家随心所欲地发挥，大家在写的时候可能会有很多的困惑，比如"第四周的主题是'好心情',可我现在的心情根本谈不上算好,该怎么写呢",或是"我觉得自己糟透了,全是缺点,让我写'自己的魅力',真的是无从下笔"。

但"未来日记"中已经提前准备好了文字,所以你不需要费心思考该写些什么。也就是说,你可以抛开一切杂念,只要心无旁骛地描摹已有的文字就行。

这和抄写经书有着异曲同工之妙。我们要做的就是专注于"此时、此地、此身"的感悟,体会笔尖在纸上跳跃的感觉,看一个个字落在纸上,全神贯注、缓慢仔细地描摹。这是一种可以让我们学会专注于"此时、此地"的精神体验。

大家只需要试着做一下,就能感受到实际效果了。虽然每天只有两三行话,但逐字逐句、缓慢仔细地描摹之后,你会发现自己的内心开始变得平静,对事物的感受也变得更加敏锐。

此时，你可能突然注意到了屋外悦耳的鸟鸣，也闻到了屋内弥漫的淡淡花香，身边一直充满鸟语花香，而你之前却从未留意。这种状态，与冥想和某种呼吸法的效果十分相似。

科学研究证明，冥想可以加速人体内部分化学物质的分泌，从而让身体放松下来。这些物质包括被称为"快乐荷尔蒙"的 β–内啡肽和能让人镇静的血清素。

通过描摹让身心放松下来之后，我们就可以保持这种舒适的状态并做出思考，平心静气地继续接下来的日记创作。

当大脑被过多的杂念牵扯的时候，大脑的敏感度会降低，灵感也会变得枯竭。但当大脑处于放松状态时，脑波会处于 α 波状态[①]，你也会变得思如泉涌。

———

① α 波是四种基本脑波之一，它在人们情绪稳定、愉快、舒适地休息或冥想时出现，具有强化吸收、整理和记忆信息的功能。因此，当大脑调整到 α 波状态时，人的注意力会非常集中，记忆力处于最佳状态，思维敏捷，反应迅速，并且经常有灵感出现。——译者注

如此一来，人们很容易对所描摹的文字产生丰富的联想，也更容易描绘出与描摹文字所对应的现实情景，并将这些情景刻入潜意识中。

直觉的有效期很短！

以"第 46 天"中的文字为例："直觉的'有效期'很短。想到了什么我就立刻去做了，果然很顺利。"有个人心无旁骛地描摹完了这段文字，突然想起了"很久以前就一直想去的草津温泉"。他在之后的日记中写道："一直很想去草津温泉，总算成行了，时机恰到好处，实现了很久以来的愿望，非常开心，谢谢。"

原来，他在描摹完"未来日记"后，没有多想就打开了电脑，而此时恰好弹出了"草津温泉旅行超低折扣优惠"的广告，点开后发现报名截止日期就是当天，于是他马上报名，以超低的价格去了一趟草津温泉。如此神奇的事情真的会发生。

手写的作用

与使用键盘打字相比，其实手写的好处有很多。亚伦·皮斯和芭芭拉·皮斯在《身体语言密码》中指出，打字所需要的手指动作只有 8 种，而写字所需要的动作却多达 1 万多种。

用手写的方式记录你所期待的事情，在这个过程中，必要的、复杂的手指动作可以激活大脑的神经回路，你的愿望和梦想就会更容易传达给大脑。

正如前面提到的，"未来日记"可以让我们静下心来，引导我们更多地关注"此时、此地"，并让整个身体进入一种彻底放松的状态。

静下心来描摹"未来日记"中的文字，就像是为我们"梦想的种子"提供肥沃的土壤，帮助其苗壮成长，最终它会在我们的心田绽放出美丽的花朵。

学会运用"开心的想象"

我们的想象拥有令人难以置信的力量。许多研究表明，想象的力量非常强大，甚至可以影响一个人的身体和心理状态。

大脑无法区分实际发生的事情和想象的事情。顶级运动员会在想象训练上花费大量的时间，因为这些训练可以显著提高现实成绩。

世界顶级花样滑冰运动员羽生结弦在挑战新动作时，一定会先在脑海中想象一下自己成功完成这一动作时在冰面跳跃的样子。

想象训练的作用不仅仅局限于此，它甚至可以改变人体细胞的状态。体育心理学领域的多项研究成果证实，人们可以仅仅通过想象训练来提高自己的肌肉力量。

不同的想象内容会给人们的心情和想法带来不同的影响。积极心理学领域有报告指出，用笔写下自己所期待的未来最好的样子，或者一些值得感谢的事情，可以大大提升人们的幸福感，还有助于改善身体状况。

想变得快乐，先改变话语

"未来日记"里的每一段文字，都可以让大家想象出自己所期待的世界的样子。之所以能够做到这一点，关键就在于话语。

举个例子，如果对你说"请闭上眼睛想象一下"，你一定满是疑惑，会觉着莫名其妙，脑海中一片空白。但当对你说"请闭上眼睛想象一下香蕉"时，你的脑海中马上就会浮现出香蕉的样子。这就是话语的作用，具体的话语可以唤起人们的具体想象。

人们会从"环境破坏"这个词联想到各种环境被破坏的场景，并进一步思考"未来的地球还能保持健康吗"之类的问题，心情也会变得非常沉重和痛苦。

同理，人们会由"美丽的地球"这个词联想到地球上的各种美好事物，进而会发出"地球赋予了我们一个美好的生存空间"之类的感慨，并由衷地生出感谢之情，内心也变得温暖。

像这样，一个词或一段话会引发一系列的反应，最终形成"语言→想象→思考→情绪→感觉"的连锁反应。

因此，如果你想保持好的心情，变得幸福，首先就要改变写下的话语。"未来日记"特意挑选了一些优美的话语，让大家能够联想到自己所期待的世界。

当我们改变话语……

| 语言 | 环境破坏 | 美丽的地球 |

↓　　　　　　↓　　　　　　↓

| 想象 |  |  |

↓　　　　　　↓　　　　　　↓

| 思考 | 地球还能保持健康吗？ | 地球赋予了我们一个美好的生存空间 |

↓　　　　　　↓　　　　　　↓

| 情绪 | 不安 | 感谢 |

↓　　　　　　↓　　　　　　↓

| 感觉 | 心里难受 | 心里很温暖 |

实现愿望的最好方法

可能有的人觉得自己想象力匮乏，但事实并非如此。每个人都具备想象力，区别在于人们是否接收到了能够引发想象力的话语，以及这些话语在想象中演化成的是自己所期待的世界还是不符合期待的世界。

总是想象自己所期待的世界的人们会一直拥有愉悦的心情，而常常想象不符合自己期待的世界的人则会经常感到不安、闷闷不乐。其实每个人都在运用自己的想象力去描绘世界的正反面，只是自己没有察觉罢了。

实现梦想的最好方法就是想象梦想已经实现，用想象力清晰地刻画梦想成真的画面，用五官去感受，用心去体会梦想实现时的情感。这种"仿佛梦想已经实现了一样"的方法，就是我一直强调的"预知"。

每天记录"未来日记"，你就可以利用自己拥有的超强想象力，实现自己期待中的世界。

不知不觉改变行动的启动效应

请大家回答以下问题。

问题1：限时1分钟，

　　　　请尽可能多地写出水果的名称。

问题2：请写下第一时间想到的3个红色的东西。

关于问题2，大家写了哪些红色的东西呢？应该有很多人写了苹果或草莓吧？

而如果问题1中问的是汽车的话，问题2的答案中出现消防车和信号灯的概率则会变大。

正如这些题目所反映的那样，人类的思想和行动，会在不知不觉中受到之前接收到的某个词语、无意中看到的一些画面以及听到的某种声音等信息的影响，这在心理学中被称为"启动效应"。

很多与启动效应相关的研究成果表明，如果一个人在短时间内接收到了大量关于老年群体的话题，他的走路速度就会变慢，而本人却丝毫没有察觉；如果一个人看了赛跑运动员冲刺终点的照片，其工作效率就会不知不觉地提升。

事实上，"未来日记"中需要描摹的文字，很多都是为了让你产生启动效应而精心设计的。

例如，翻到"第10天"，几行浅灰色的句子一下就能映入眼帘，我们在描摹的时候，对这段内容的印象会再次加深。而在描摹完之后，开始记录自己所思考的内容时，这些文字还会再次进入我们的视野。

此外，第二天我们在描摹"第 11 天"的句子时，前一天的文字其实也会在不知不觉中再次被我们的目光扫过。

如果好事接二连三地发生

"未来日记"需要我们坚持描摹 49 天，其中的文字都是积极向上的，让大家能够关注到自己所期待的世界，比如安心、和平、富足、健康、满足、希望、感谢、幸福等，避免关注那些不符合自己期待的世界，比如不安、斗争、疾病、不满、绝望、抱怨、不幸等。

只要我们坚持每日描摹，不需要特别关注，这些文字也会进入我们的视野，进而在不知不觉中产生积极影响，引领我们的想法和行动向期待的世界靠拢。

在"未来日记"的体验交流活动中，经常会有人提到"不知道为什么，感觉最近运气变好了""周围人都变得和善了很多，真是不可思议"等。这些人并没有察

觉到，自己的行为和想法在"未来日记"的影响下已经
发生了改变，所以才会在出现了运气变好、周围人变和
善等变化时感到不可思议。

其实，诸如自己的脸色变得柔和、笑容增多、措辞
改变、感激之心溢于言表等种种变化，是很难被我们自
己察觉到的。但这些不经意的变化，却是我们想法和行
为发生变化的证据。

外部世界是一面镜子，可以反映出人的内在变化。
如果在你眼中，周围人的态度或是其他事情都发生了变
化，请这样告诉自己——"一定是我的内心正在改变"。

请大家立即开始动手写"未来日记"，相信很快你
就能体会到同样的感觉。

改变你的直觉，让开心的情绪自然涌现

　　我们的大脑长期以来在无意识中记录了我们的很多想法和印象，并逐步沉淀下来。而"未来日记"能够自然地调用这些大脑长时间积累的素材，转换成你对所期待事物的想法和印象。

　　这里请大家阅读下面的句子，并凭直觉快速补齐句子中缺少的词语。

　　（1）（　　）的商品物超所值；

　　（2）我没有（　　）；

　　（3）赚钱（　　）。

对于句子（1），假如被问到"哪里的东西物超所值"，日本人恐怕会不假思索地答道"NITORI"[①]，而不是"宜家"，这便是大脑反复学习的结果。听了一遍又一遍"物超所值，NITORI"的广告语后，当被问到关于"物超所值"的问题时，人们的第一反应就是回答"NITORI"。

思维模式也是如此，如果我们被反复灌输同一观点，在遇到类似问题时，我们脑海中就会自动浮现出这一观点。

对于句子（2）"我没有（　　）"，大家在空白处填了什么词？

（A）没有自信、没有金钱、没有运气、没有魅力、没有时间、没有人脉、没有才能、没有信用、没有勇气、没有希望、没有光明的未来、没有美貌

---

① NITORI，中文名称为宜得利家居，日本最大的家居连锁店，曾在电视上反复投放"物超所值，NITORI"的广告语。——译者注

（B）没有不安、没有担心、没有恐惧、没有困
　　　惑、没有迷惑、没有谎言、没有虚伪、没
　　　有表里不一、没有做不到的事情

　　大部分人的答案都会是（A）组中的某个词，选择（B）
组词语的人很少。也许选择（A）组词语的人自己都没
有注意到，他们在看到问题时瞬间想到的是"我有什么
不足，所以渴望得到"。这是他们之前经常思考的事情
（不管自己是否已经意识到），也就是说，他们总在考虑
自己缺少什么、有什么不足。

　　关于句子（3）"赚钱（　　）"，大家的答案是什么呢？

（A）很困难、很费劲、很辛苦、赚不到、很花
　　　时间、不可能
（B）很快乐、很简单、让人充满期待、很重要、
　　　是件好事、理所当然、最好

在这个问题上，大多数人还是会选择与（A）组词语类似的词，但也有人会选择（B）组一类的词语。

仅剩一半和还有一半，你是哪种类型？

当你发现冰箱里的巧克力被人吃掉了一半时，你的心情是"还剩下一半，真是太好了"，还是"可惜只剩一半了"？

当你给学长发了条信息却没收到回复时，你的想法是"学长可能讨厌我"，还是"他可能在忙吧"？

当你犯错被领导批评时，你是心情低落，觉得"自己真差劲"，还是"知道自己哪里错了，下次一定注意"？

当你参加研讨会时，导师说只要这样做，大家一定能取得成功。此时，你是认为"这样啊，那就尝试一下吧"，还是持怀疑态度，心想"嗯？这样做真的可行吗"？

当有人称赞你，对你说"你很努力了"时，你会骄傲自满，觉得"是啊，我确实很努力，很了不起"，还是会谦虚地认为"不，我还差得远，还需加把劲"？

当朋友实现了他长久以来的梦想时，你会认为"这证明了努力真的会让自己离梦想越来越近，只要我继续努力，下个圆梦的人就是我了"，还是会想"凭什么他可以梦想成真，而我却没有，这不公平"？

对同一个事实，每个人看待的角度也会不同，我们无法判定谁对谁错，或是谁的答案更好。

无意识中印入脑海深处的思维模式
会影响我们的行为

为什么大家看待同一事实的角度有所不同呢？这种差异来源于哪里？没有哪个刚出生的婴儿会认为"我没有魅力""我没有自信"，我们出生时就像一张白纸，大家都是一样的，不存在思维模式的差异。但在成长过程中，我们从家庭、学校等地接受了大量的信息和教育，教育的不同最终塑造我们形成了不同的思维模式。

其中对我们影响最大的是，少年时期父母和亲友的言传身教。也许你已经记不清小时候父母和亲戚朋友反复灌输给你的一些话语了，但其实这些话早已在不知不觉间印入了你的脑海深处，并影响你之后的行为。

举例来说，有的人父母创业失败，一直举债度日，在这样的环境下长大的他，在回答上面的问题时，一定会选择"赚钱（很困难）"之类的否定性词语；而有的人出生在富裕的家庭，从小就看着父母从事自己喜欢的工作，父母在工作中受人尊重并能赚取金钱，他在回答上述问题时，应该会选择"赚钱（很快乐、很简单）"之类的肯定性词语。

　　我们都觉得自己是经过独立思考后才决定了下一步行动。但事实上，我们的大多数行为都是受潜意识控制的，这种潜意识受我们成长的家庭环境和所受的教育影响。就像我们从不费心考虑穿鞋是先穿左脚还是先穿右脚，我们 90% 的行为都是在不自觉的情况下进行的。

符合期待和不符合期待的事物——
你更关注哪一种？

请大家看下面的两幅图。

你更关注哪一个？

你更关注哪个苹果？事实上，大部分人都对缺了一块的苹果印象深刻，因为人们潜意识里更在意有所欠缺的东西。

不管在工作单位还是学校，人们总是更关注表现差的员工或学生，而忽略了自己身边那些友善的、优秀的人。这几乎是所有人刻入骨子里的思维定式。

你认为在一天时间里，你用在符合期待的事物和不符合期待的事物上的时间分别是多少？

要想知道答案，只需要留意一下自己的情绪就知道了。为不符合期待的事物而烦恼时，你会感到不安和厌烦；而思考符合期待的事物时，你会感到兴奋和愉悦。

在一天时间里，你更多感受到的是不安还是愉悦？你有多长时间是处于愉悦状态的呢？

受各种负面信息的影响，我们经常在不知不觉中为不符合期待的事物而烦恼。如果只关注符合期待的事物，我们一整天都将沉浸在愉悦的情绪中，但几乎没有人能做到这一点。由此可知，大多数人都下意识地受到了不符合期待的事物的影响。

例如，在一个歌手海选的活动中，有的人想的是"如果我通过了这次选拔，成为一名歌手的话，就可以每天唱自己喜欢的歌，为大家带去快乐了"；但更多人的想法是"我水平不够，肯定会被淘汰掉，成为歌手就是做白日梦"，很多人因此放弃了参赛资格。

如果印入脑海深处的思维模式能够顺应你所期待的世界的话，那自然皆大欢喜。但倘若这种思维模式对应的是不符合期待的世界，只要你不改变这种深入潜意识里的思维模式，你就会一直深处不符合期待的世界里而无法自拔。

改变思维模式的方法

那么怎样才能改变这些无意识中被植入潜意识里的、非必要的思维模式呢？其实很简单，那就是不断地重复。

日本人之所以提起物超所值就想到 NITORI，是因为电视中反复播放"物超所值，NITORI"的广告语。

那么如果电视中反复播放的是"物超所值，宜家"呢？相信过不了多长时间，再提起物超所值，大家首先想到的就是宜家。

这种方法也可用在改变思维模式上。它可以让我们的大脑在看到"我没有( )""赚钱( )"之类的问题时，首先想到的是"我没有（做不到的事情）"，而不是"我没有（自信）"；是"赚钱（简单）"，而非"赚钱（困难）"。

"未来日记"正是一个能够帮助我们改变思维模式的工具。

我们每天翻看一下"未来日记"，扫一眼今天要描摹的文字，在描摹完成后再轻声读一遍，慢慢地，我们潜意识里的思维模式就会被改变。

"未来日记"之所以每周设置一个主题，就是让大家在一周时间里反复思考同一个问题，最终起到改变思维模式的作用。

例如，第 5 周的主题是"富足"。也许大家之前并没有思考过，我们所能拥有的富足到底有哪些，而"未来日记"上的文字有助于我们了解这一点。

也许有人认为自己迄今为止从未经历过富足，或是现在的自己与富足根本不沾边，但大家只要每日阅读并描摹"未来日记"中关于富足的文字，就能关注到"此时、此地"自身所拥有的富足，并将其中关于富足的认知印入自己的潜意识。

通过不断重复这一做法，再次遇到关于富足的话题时，大脑就会自动地把这些潜意识里的关于富足的认知呈现出来。

不知为什么，最近很幸运！

只要你坚持使用"未来日记"，有一天你将发现自己潜意识里的思维模式发生了变化。

举个例子，以前每周一早上醒来时，你脑海中浮现的是"接下来要上一周的班（学），太崩溃了，真希望周五早点儿到来"，而现在你想的是"啊！新的一周开始了，接下来会有什么开心的事在等着我呢"。

新的思维模式成为习惯之后，我们不需要绞尽脑汁，刻意地去做那些符合期待的事情，我们的潜意识会自动发挥作用，引导我们的行为向符合期待的方向发展，我们只需顺其自然就好。

即使我们不去刻意地想，很多想法也会自然而然地冒出来，比如"今天会有什么好事发生呢？""今天会有什么新的收获呢？""今天能为谁带来快乐呢？""今天早上也一如既往地醒来，活着真好！"。

我们在前面提到过，大脑会帮忙搜索我们所关注的事物。如果我们习惯把关注点都放在符合期待的事上，大脑就会不停地找寻符合期待的事情，呈现在我们面前的，自然而然地就会是符合期待的世界。

可能某一天，你会突然发现一切都不一样了，各种变化纷至沓来——"不知为什么，最近很幸运""我什么都没做，周围的人却莫名地变得和善起来"。

—— 第三章 ——

实践之后就能带来改变！

人生发生戏剧性变化的 7 个故事

好事接二连三！每个人都能如愿以偿

"未来日记"在正式出版之前，只是一本手写的小册子。我们把它作为一些讲座和研习会的材料，分享给学员使用，并让他们记录下实践后的变化。数日之后，我们收到了许多的书面反馈信息，他们给出的都是"真的有好事发生"之类的正向反馈。从他们的反馈中，我们可以感受到大家的惊讶与喜悦之情。

仔细分析这些反馈信息可以发现，"未来日记"并不是只对某些特殊的人群发挥作用，它的适用性很广。不管哪个年龄段的人，不管他的现状如何，只要使用了

"未来日记"，大多都发生了可喜的改变。

我们希望通过"未来日记"，让大家的人生变得更加充实，更加美好。

大家要想实现自己的愿望，只需要按照前面描述的方法用好"未来日记"即可。简单地每天早上花 3 分钟记录"未来日记"，好事就会接二连三地发生。

接下来，我们将介绍一下之前实践过的人们所反馈的信息，并谈一些书写时的小技巧，帮助大家优化书写方式，顺利达成愿望。

幸运实例（一）
成功克服资金周转困难！

松本千先生今年五十多岁，是一位踏实能干的公司老板。他参加了 2020 年 2 月 11 日在东京举办的"未来日记"研习会。据说在参加研习会之前，松本千先生的公司遇到了资金周转困难。

虽然松本千先生对参加这种研习会是否有助于解决当下的困难持怀疑态度，但他还是抱着试试看的心态参加了，他认为这次研习会可能是自己的救命稻草。在研习会上，我们预留了很多时间让大家描摹"未来日记"。

最开始，他的脸上还是写满了疑惑，心想"这样做真的有用吗"。但在填写会后调查问卷时，他已经扫清了疑惑，写下了"听了大家的体验分享后，加深了对日记的理解""收获颇多，非常开心，也非常感谢"等文字。

研习会结束两天后，我们收到了松本千先生的以下反馈。

2020 年 2 月 13 日

早上好！"未来日记"的效果真的是立竿见影，真是太神奇了！昨天早上我在日记中记录的是："今天的营收款又到账了，我非常兴奋。有了这笔钱我就放心多了，谢谢！近日订单也满了，每日忙得不可开交。资金已经能顺利地周转了。这一切真不可思议，感觉钱自动地从宇宙的各个角落汇集而来，真的是非常感谢！"

资金周转问题彻底解决了。到今天傍晚，存折里已经有了各方汇来的 37 万日元，应付 13 日约定支付的 27 万日元已经绰绰有余了。这真的是太棒了，我的心情也变得美丽起来。再次表达我对"未来日记"的谢意。

从松本千先生的话语中可以看出，他的喜悦之情溢于言表。而记录"未来日记"也成了他的乐趣之一。五天后，我们又收到了松本千先生的第二次反馈。

2020 年 2 月 18 日

你好！"未来日记"的神奇效果还在持续。

今天突然接到一笔预料之外的订单。这个月的销售额肯定会增加 20 万日元以上了。这个客户以往下订单的流程都是先询价，收到报价后再选择合适的时机下单，周期都拖得比较长，而且往年从未在 2 月下过订单。能意外地从他那里接到订单真的是非常高兴！感谢！

资金周转问题的彻底解决让松本千先生非常高兴。现在，他每天早上都会抱着期待的心情去记录"未来日记"，并形成了习惯。在这之后，幸运的事情还在接二连三地发生。

为何出现如此神奇的效果

2020 年 2 月 19 日

对我们公司来说，每年的 2 月是销售淡季，营业额较少。而上一年 12 月的进货款却需要在这个月支付。12 月是销售旺季，进货往往较多，需要付的货款也就相对较多。一来一回就导致每年的 2 月公司都会出现资金周转方面的困难。在报名参加 2 月 11 日的研习会时，我内心其实是很忐忑的，心里想的是"2 月形势如此严峻，去参加这种研习会真的好吗"？

换作以前，面临如此严峻的困难，我脑子里想的肯定是"这个月的资金又周转不开了，怎么解决呢？真是伤脑筋"。但在记录"未来日记"的过程中，这些想法统统都没了，变成了"船到桥头自然直""今天肯定红运当头，笑到停不下来""现在的自己很幸福！学会感恩"。思想调整后，奇迹发生了，本来认为无论如何都筹集不齐的货款竟然真的凑齐了。这真的是不可思议。我真的是太高兴了，迫不及待向山田弘美和滨田真由美两位老师报告结果，并向两位老师致以诚挚的谢意！

2020 年 4 月 22 日

早上好。从 2 月 11 日起开始每日记录"未来日记"，到今天总算全部写完了。每天早上写日记的时间是我一天中最快乐的时间，也通过写日记收获满满。我会继续保持这个习惯。

谢谢山田弘美老师和滨田真由美老师！

为什么松本千先生记录"未来日记"后很快就迎来了好的结果呢？为什么他想把这个习惯坚持下去呢？原因就在于他按照我们所教的方法去尝试了，也就是：深呼一口气，放空大脑，从繁杂的现实中暂时脱离，一笔一画地仔细描摹，之后马上记录下自己今天期待的事情。

只需要简单地重复这一过程，结果自会水到渠成，早上你在"未来日记"内记录下的期待，将在接下来的日子里成为现实。只要你坚持下去，这种奇迹就会接二连三地到来。对松本千先生来说，这个结果就是很多他之前认为"理所当然"的事情都发生了颠覆，例如从"每日担心资金周转问题"，慢慢变成了"资金充裕的每一天"。

销售额同比增长 51.4%，原因何在？

2020 年 7 月 2 日

受经济大环境影响，公司 5 月的销售额同比下降了 20.2%。但听了几次两位老师的分享后，我已经学会了换个思路看待问题，以"今天也赚钱了，所以保持微笑"的心态，尽量笑脸迎人，把重心放在未来如何提升业绩上，以愉悦的心情直面困难。结果，6 月的销售额同比增长了 51.4%。其实我也很纳闷，为什么会有如此神奇的转折。但是无所谓了，结果是好的我就很开心。

本书的作者之一山田弘美曾有过一次工程款被骗的

经历。因为一直以来都过得很幸福，没经历过什么挫折，所以当她发现自己被骗后，完全吓蒙了，觉得一切都难以置信。

而恰恰相反的是，松本千先生常常处于资金周转困难带来的压力之中，对他来说，"不安"这种感觉已经深入了潜意识里，成了一种常态。

对于松本千先生来说，明明资金周转困难这种事情是自己所不期望发生的，但习惯成自然，时时因此事而惶恐反而会令他感到心安，有一种"这就对了，一切照旧，还是熟悉的感觉"的安全感。突然有一天，当他得偿所愿，不再为资金周转而烦恼时，他不认为事情进展顺利是"理所当然的"，反而会不知所措，感觉莫名其妙。

也许你会感到不可思议，但这种情况其实很普遍。例如，当幸运的事情接二连三地发生在我们身上时，我们会感到"莫名其妙"，甚至会产生"这种好事不可能一直发生""有可能这是坏事发生的前兆"之类的想法。

松本千先生反馈的信息里提到了"换个思路看问题"。相信大家在使用"未来日记"的时候，会发现在描摹和记录的过程中，自己会变得心无旁骛。其实此时，大家过去的思维定式就已经消失了。

每个人都可以从要描摹的文字中，发现内心所向往的事物。只要能够静下心来仔细描摹，这些文字就会被自然而然地印在心里。希望松本千先生能够继续坚持描摹下去，直到不再为"好事接二连三发生""富足幸福"感到莫名其妙，而是把它当成"理所当然"的事情。

幸运实例（二）
期待得到 500 万日元！
结果梦想成真

四十多岁的信林女士近期刚刚搬了新家。她非常渴望能有 500 万日元，这样她就可以换一辆新车，并为新家配齐各种家具。抱着这种期待，她开始尝试使用"未来日记"。刚开始尝试没多久，她的愿望就实现了，这让她感到特别惊讶。之后她把自己的兴奋之情通过文字传达给了我们，相信大家也能够通过下面的文字感受到她溢于言表的兴奋和喜悦。

2020 年 10 月 16 日

最近刚刚搬了新家，我迫切地需要一笔资金来开启新生活，同时给自己换一辆新车。怀揣着这个梦想，我在"未来日记"第二天那页中写下了"500 万日元现金像生了翅膀一样自动飞进我的怀抱，真的太感谢了"，之后，我把 1 万日元和看起来像钞票的笔记本放进了装现金的袋子里。这样，袋子看起来鼓鼓囊囊的，就像装了 100 万日元一样。我把袋子放在家里，不断告诉自己，自己已经有了 100 万日元。

隔天的日记中，我又逐条写下如何使用这笔钱。在记录下"500 万日元现金像生了翅膀一样自动飞进我的怀抱，真的太感谢了"这段文字的三天后，奇迹发生了，我竟然真的拿到了 500 万日元。正常情况下，我可能花费 10 年时间都无法拥有这么多钱。真的太感恩了！非常感谢！

信林女士每天早上写完日记之后，就以愿望成真的姿态，微笑着开始一天的生活，并且一整天都欢欣雀跃。过了几天，她发信息问我们，说这么做应该是可以的吧。而且她很认真地实践我们传授给她的方法，就是刚才提到的"用笔记本假装整叠钞票放在钱袋里，让钱袋鼓起来，然后想象自己真的有满满一袋子的钱，从而达到兴奋的状态"。

牵扯到个人隐私问题，我们并没有详细询问钱的来历。这 500 万日元或许是她收回的欠款。

信林女士之所以脑海里突然蹦出 500 万这个数字，也许是她确实有 500 万日元的欠款没有收回来，内心深处常常为此懊恼。当她搬了新家后，不自觉地就冒出了"如果这 500 万日元的欠款能收回来，就能买新车和新的家具了"的想法。

就像信林女士在反馈信息里提到的，她本来以为"这笔钱再也拿不回来了"。但在"未来日记"里写下"500

万日元现金像生了翅膀一样自动飞进我的怀抱，真的太感谢了"后，她的内心深处已经发生改变，觉得"这笔钱能还回来"。

深层心理转变的瞬间

有向身边亲友借过大额钱款经历的人应该都有这种感觉，那就是在债务还清之前，自己心里想的都是"一定会尽快地还上这笔钱"。除非你本来打算的就是骗一笔钱跑路。

而且，债主越是善解人意，不催着还钱，借钱人还钱的心情就越迫切。债主和借钱人的心意像是能够相通似的，真是不可思议。

信林女士既没有逼问借钱人"你是不打算还钱了吗"，也没有旁敲侧击地对借钱人说"我相信你会很快把钱还给我的"。在这个案例中，信林女士的深层心理因为"未来日记"而在某天"啪"地一下发生了转变，而借钱人也神奇地感应到了，也许这就是日记起效的原因。

借钱人也许在信林女士深层心理转变的那一瞬间，看到手边早就备好的用来还债的钱，突然想起来"之前攒下的钱都用来还其他人了，是时候还信林女士的 500 万日元了"，并接着付诸实施，没几天就把钱还给了信林女士。

这种神奇的心理感应跟植物很像。有研究成果表明，让植物听音乐会影响植物的生长，不同的音频会使植物产生枯萎、繁茂等不同的变化。而科学也已经证实不同的想法和感情会使人类释放不同频率的脑电波。

或许是信林女士深层心理所产生的变化，导致其释放的肉眼不可见的脑电波频率发生了改变，就像从导致植物枯萎的音频转换到了使植物苍翠繁茂的音频一样。说不定这一改变通过心灵感应传到了借钱人那里，最终带来了结果的变化。

　　在拥有了这次戏剧性的体验之后，我们相信信林女士已经掌握了让事情结果往好的方向发展的诀窍。希望信林女士能够继续坚持，让"未来日记"在金钱之外的其他事情上也发挥积极的作用，在其他领域里创造出越来越多的"奇迹"。

　　我们也希望各位读者能跟信林女士一样，通过"未来日记"让事情都向着积极的方向发展，最终取得圆满的结果。

幸运实例（三）
得以从事理想的工作，
原因何在？

　　五十多岁的芙罗拉朋子是一名性格和蔼的母亲，她刚从工作岗位上退下来，目前赋闲在家。她说自己退休后不久，就开始尝试使用"未来日记"记录自己的愿望。而一年半后，这些愿望开始成为现实。

　　一年半前，我在"未来日记"中写下了自己的愿望："希望做自己喜欢的事情，做能让他人感到高兴的事情，从事一份能够抚慰人心的工作"。在写下这段文字一年后，我很幸运地碰到了愿意支持我的朋友。在他的帮助下，我建立了自己的心理咨询网站。一年半后的现在，当初的愿望已经成为现实，"做自己喜欢的事情，做能让他人感到高兴的事情，从事一份能够抚慰人心的工作"。

芙罗拉朋子女士梦想着"能从事这样的工作就好了"。虽然她并不认为这个梦想能够成为现实，但还是将其写在了"未来日记"上。人们内心深处的想法是看不见也听不见的。但如果将其转化成可视的文字，就能对接下来的思考和想法起到一定的引导作用。

如果有人对我们下指令说"请想象一下"，我们肯定一脸疑惑，心想："这是怎么回事？让我想象什么？我该怎么做？"但如果指令是"请想象一下月亮"，相信我们每个人的脑海中都会浮现月亮的形状和明月挂在空中的画面。同样的，如果把内心略显模糊和尚不成熟的想法转换成文字，就可以帮助人们成功地将想法和图像联系起来，让自身的想法具象化。

　　除了前面提到的那句话之外，芙罗拉朋子女士肯定还在"未来日记"中记录了其他很多关于理想工作的文字。从写下这些文字开始，她之后的思维就被引导着向文字所描述的方向拓展，关于理想工作的具体事项也变得越发清晰。当她突然听到一些与这些工作相关的话语，或是看到一些获得理想工作所需要的事物时，注意力就会在这上面停留。这些都会在潜意识里影响她的行动，并最终带来了她期待中的结果。

　　"未来日记"中所记录的文字，就是通过这种方式，最终成为现实。

幸运实例（四）
和自己厌恶的人改善关系

HN 先生在使用"未来日记"的第一天就收获了人际关系改善的体验。

翻开"未来日记"的第一天，我写下了"我希望把自己的想法开心地表达出来，用这种情绪感染对方，从而构筑良好的人际关系"。我在写这段话时，并没有特别针对谁。

但就在写下这段话的当天，我就碰到了一位满是负面情绪的人，于是我就按照日记写的，努力用自己开心的情绪感染他。晚上收到他发来的邮件，才发现是自己误会了。这件事之后，直到3个月后的今天，我们依然保持着良好的关系。

因为是第一天使用"未来日记"，我还没有完全掌握窍门。但我认为写下"我希望把自己的想法开心地表达出来，用这种情绪感染对方，从而构筑良好的人际关系"时，这件事也许已经印入了我的潜意识里。不知道3个月后的今天，这个意识是否还存在于脑海深处，但既然直到现在我们依然保持着良好的人际关系，那说明这个意识已经完全替代了我之前的思维模式。

当你受困于人际关系问题时，往往不自觉地带着批判的眼光去看待交际对象，觉得"此人这点不好，真是一个令人讨厌的人"，希望对方改改这些坏毛病，忍不住地努力将对方变成我们心中理想的样子。然而，彼此之间的人际关系却一点儿都没有变好。因为人际关系就如同一面镜子，你如何看待对方，对方也如何看待你。

抱着"输即是赢"的心态，试着改变自己，对方也会跟着改变。所以，在"未来日记"里，请把对别人的批判放在一边，只写那些能让自己心情变好的文字。

HN 先生在日记上写下"我希望把自己的想法开心地表达出来，用这种情绪感染对方，从而构筑良好的人际关系"，并带着愉悦的心情开始了这一天的生活，这使得他说话的样子和表情在对方眼中看起来显得特别亲切而开朗。对方感受到这一点后，担心自己白天的发言可能会被 HN 先生误解，于是抱着"发个邮件解释一下，也许能够化解误会"的想法，在晚上发了一封邮件给 HN 先生。

自己的改变最重要

这里再介绍一个类似的例子。

有一次，一位外企团队负责人向我们倾诉，她说"我们的团队成员总是不配合我的工作，导致团队业绩一直不好"。

为此，我们对她提出了以下建议：不要更换原有的团队成员，也不要建议他们如何做才能提升业绩，而是试着去挖掘每位团队成员的优点，试着对每位成员说声感谢。

这位负责人很快就将我们的建议付诸实践。之后，令人惊讶的事情发生了。团队成员们的态度有了一百八十度的转变，纷纷表示"我愿意为你做任何事情"。这支团队最终拿到了全球第一的业绩并因此受到总部表扬。

她兴奋地向我们转述了她的团队成员们的一些话，比如"能成为团队的一员很自豪""愿意为你做任何事情"等，并表达了对我们的谢意。

就像这些例子一样，当我们认为对方"讨厌",并"希望对方做出改变"时，最好的解决方法就是自己先做出

改变。话虽如此，有时候很多事情的确难以当面传达，
此时，请大家像 HN 先生那样把期待写在"未来日记"里，
相信事情一定会出现转机。

幸运实例（五）
放下执着后房屋重建提上日程

四十多岁的 NY 女士是一名芳香保健师。她在"未来日记"中写下了想要一个舒适宽敞的生活空间的愿望，并最终得偿所愿。

2020 年 7 月 11 日~ 2020 年 9 月 10 日

我在"未来日记"第三日的空白处写下自己的期待："家里变得非常舒适宽敞，我因此拥有了一个放松自我的空间，客人们也喜欢来家里做客。家中水路布置得很合理方便，厨房规划得也非常棒，这让做饭成为一种享受！"

写下这段文字的 8 天后，家里人突然聊起了要不要把房子重新装修的话题。随着聊天的深入，大家最终决定，将房子推倒重建，而不是简单的重新装修。我终于可以获得梦寐以求的工作室了。

实际上，我丈夫对家里的事情完全不上心，总是说维持现状就好，所以我也只能暂时放下梦想，安慰自己"现在这样也挺好"。在我放下执着，在"未来日记"里写下上面那句话后，我没有再跟家里提起任何关于家庭琐事的话题。但不知为何，丈夫却突然开窍了，主动提起了重新装修的话题。

又过了一周，我预订的山田弘美老师的著作《连接宇宙的空间魔法：一本让你重置人生、诸事顺遂的书》也恰好到了。

虽然距离新家动工还有一段时间，但随着与丈夫交流的不断深入，未来新家的样子已经越来越清晰了。

被动做事只会失去动力

相信大家都有过这样的经历，自己刚打算要做作业，结果父母跑过来说："你作业做完了吗？还不快点儿去做！"被父母这样一催促，自己瞬间丧失了刚刚提起的做作业的兴趣，反而产生逆反心理。长大之后也是一样，对于一件事情，即使别人不说，我们也知道如何去做。但这时候，却有人不分青红皂白地过来对我们说："要这样去做！"别人越是这样指手画脚，我们就越觉得他们提出的主张是错的，从而故意提出与之相反的主张，或者是沉默以对。

在 NY 女士这个例子中，也许她的丈夫早就有了重建房屋、满足太太想要舒适空间愿望的想法，并想给她一个惊喜。但由于没人知道他内心的想法，所以大家在讨论打造舒适空间相关的话题时，他很难直接加入其中。

从 NY 女士写下"家里变得非常舒适宽敞，我因此拥有了一个放松自我的空间，客人们也喜欢来家里做客。家中水路布置得很合理方便，厨房规划得也非常棒，这让做饭成为一种享受"这些句子，一直到 8 天后家里聊起重建房屋的话题，这期间，NY 女士从没提起过这个话题。

或许就像小学生们如果没有被爸妈催"抓紧去写作业"，反而有可能早早就写完了一样。也许正因为 NY 女士从没强迫家人重建房屋，才使得重建房屋早早成为现实。

事实上，山田弘美在上小学一年级和二年级时，经常抢先回答老师所问的问题，打乱了老师正常的讲课秩序。为此，班主任让山田弘美每日读书，并在笔记本上记录下读后感交上去。从此之后，山田虽然有满腹的话想要表达，却学会了忍耐。班主任的方法成效显著，从此山田在课堂上变得安静了。

"未来日记"也有同样的效果，可以让人安静下来，避免因为说出某些话起到反作用。

幸运实例（六）
从充满不安到满是期待的人生

　　七十多岁的 HY 女士是之前介绍的"想要 500 万日元，真的获得了 500 万日元"的信林女士的母亲。她与女儿一同尝试使用了"未来日记"，坚持了 49 天后也给我们发来了反馈信息。

　　2020 年 9 月 6 日

　　从 7 月 2 日收到"未来日记"之后，我试着连续记录了 49 天，把书中的内容全部描摹完了。写完一遍之后我并不想就此结束，而是强烈地想要继续下去，在买

到新的 "未来日记" 之前，我甚至用圆珠笔在原先铅笔
描摹的文字上又重描了一遍。

认真地描摹这些积极向上的优美文字，能让心灵得
到升华和净化。

坚持不断地描摹、记录积极向上的和自己期待的事
情，能让自己整个人都变得更加开朗和积极。之前的我
总是充满了担忧，没有安全感，总觉得自己就像悲情电
视剧中的女主角一样，命运多舛。但自此之后，我想要
改变自己，让余生充满阳光、快乐和激情。

写 "未来日记" 可以引导事情向着自己期望的方向
发展。实践之后，我发现，突然有一天自己的期待和愿
望都成了现实。

例如，以前我与朋友们每个月都会聚一次。但新冠
疫情以来，随着患者的不断增加，我们这些易感染的高
龄老人为了自己的健康，主动放弃了聚会。到现在为止，
我们已经有 6 个月没有聚在一起了。因为想念，我在"未
来日记"上写下了 "在搬家之前，我总算与朋友们见了
一面。久别重逢，大家心中都暖暖的，我也趁机把这本

自己非常喜欢的书推荐给了朋友"。而我的热切期盼最终有了收获，大家还是戴着口罩聚在了一起，我也顺利地把这书交到了朋友们手中。

此外，我还在"未来日记"的备注栏里记录下自己当天的身体状况和发生的各种事情，就像写普通日记一样，非常好用。因为这本书，关于自己的好事接二连三地发生，所以我才会把这本书推荐给朋友们。现在我每天都对写"未来日记"充满了期待。

山田弘美和滨田真由美两位老师，谢谢你们！

不要把时间浪费在担心上

和 HY 女士一样，很多人对自己的晚年生活充满担忧，受到新冠疫情影响，人们的生活受到了很多限制，更加剧了人们的不安。能在这个时间段遇到"未来日记"并亲身体验，真的是太幸运了。

有些人不好好把握充满无限可能的今天，把时间花在担心未来还没有发生的事情上，这是极度浪费时间的表现。他们担心的这些事情在现实世界中根本没有发生，只存在于他们的大脑和内心中，正所谓："天下本无事，庸人自扰之。"

我们的心灵在任何情况下都是自由的，蕴含着无限的可能。对人类来说，只有三件事物是真正平等的：出生、死亡和心灵。但是出生和死亡不是我们自己所能自由掌控的，是非自由的，我们唯一能自由掌控的只有心灵。当人们的心灵也变得不自由时，人生也就不会幸福。

通过"未来日记"，HY 女士找回了心灵的自由，而且掌握了无论身处何种状况都能收获幸福的诀窍。

这个世界瞬息万变，每当我们对这些变化感到不安时，我们的人生就离不幸更近了一步。希望大家能够铭记一点：无论身处何种状况，我们的心灵都是自由的。因为各种限制和对未来的不安使得原本自由的心灵变得不自由的，只有我们自己。

不管你是哪一年龄段的人，不管你现在身处何种状况，我们都希望你能通过"未来日记"，找回自由的心灵，享受幸福的当下。

幸运实例（七）
我已经拥有了所有美好

须田三枝子女士有三个孩子，她的小女儿患有唐氏综合征。在此之前，她常常感叹"为什么只有我遭遇如此的不幸呢"。但通过写"未来日记"，她的心态发生了转变，事情也出现了转机。

2020 年 7 月 16 日

今天是我使用"未来日记"的第三周了。从 7 月 2 日开始，每天早上写"未来日记"已经成了一个习惯。早起之后冲个澡，唤醒自己的身体，然后泡壶散发着淡淡香气的香草茶。最近我还会一边慢品柠檬水,一边用自己最喜欢的蓝色笔,认真描摹"未来日记"中的文字,这成了一天中最幸福的"黄金清晨"。

今天早上要描摹文字的主题是"新习惯",这正是我现在所经历的,所以我可以不假思索地记录下自身的积极变化。

使用"未来日记"的第一周,我每天关注的都是我所没有的东西以及我做不到的事情。但现在我每天都会踏踏实实地感觉到"我已经拥有了世间的一切美好"。此外,之前丈夫经常埋怨我花钱大手大脚,信用卡总是透支。今天他竟然破天荒地感谢我的勤俭持家,真是太阳从西边升起来了。

这个月家里的生活费又超支了,我本以为丈夫会唠叨两句,结果他却说了一句"谢谢",这让我十分吃惊。这次仅仅是使用"未来日记"的中期报告,我也会将这一习惯一直保持下去。

2020 年 8 月 22 日

今天是我使用"未来日记"的第 52 天。第一本 49 天的内容都已经记录完了。现在我开始记录第二本。

我每日都会抽出早上黄金的 3 分钟时间来做这件事。

3 个孩子还小的时候，我需要每日为他们准备便当，那时我早上根本没有闲暇来享受这段美好时光。好在现在孩子们都大了。我从 7 月 2 日开始写"未来日记"，不知不觉中这件事已经成了一种习惯，也成了自己快乐的源泉。

每天早上，起床后冲个澡，播一首优美的曲子，品一杯香甜的早茶，放一支喜爱的香薰，静静享受早上 3 分钟的黄金时间，心中憧憬着如何开启这美好的一天，愉快地写着日记，这已经成了一种日常。而这段时间也成了我一天中最幸福的时刻。

这其中，第 38 天的经历让我印象深刻。这一天是我的生日。"未来日记"中这一天的描摹文字与"谢谢"有关。早上我在日记中写下了自己的心愿"丈夫亲口对我说了'生日快乐',非常感谢"。很快这个愿望就变成了惊喜,丈夫竟然真的这么做了,而之前他都是通过邮件的方式祝贺。

我的小女儿千寻患有唐氏综合征。

家里的老大、老二长大成人后都离开了我们单独生活,而我和丈夫之间的交流也越来越少,平时都是我独自照顾千寻,为此我曾常常心存不满。但是现在每天早上,我一边写着日记,一边注视着千寻熟睡中可爱的脸庞,想起她听我唱歌时高兴的样子,虽然她什么都做不了,但我依然感觉自己已经拥有了一切。

现在,我每天早上都会在"未来日记"里写下"今天又是活力满满的一天"。虽然每天都忙忙碌碌,但在送千寻去做康复护理的路上,即使只有短短 10 分钟的车程,我也会打开车内的音响,播放一些我们两个都喜欢的音乐。特别是这五年来,每当有福山雅治的演唱会,我都会带千寻去听,所以当车内播放福山雅治的歌曲时,只要前奏一响起,我们就能知道正在播放的歌曲名称,并为此感到兴奋不已。

虽然这段时间我们的出行受到了很多限制，没法随心所欲地带千寻去想去的地方。但在"未来日记"中，我已经计划好了下周的行程：带着千寻和她的好友一家去泡温泉。我已经可以想象与一同使用"未来日记"的前辈们在现实中见面时的兴奋心情了。

2020 年 9 月 22 日

早上六点多，我在日记上写下"我和千寻一同受邀参加秋分那天举办的研习会和节日庆典活动，圆了心中的一个梦想，非常感谢"。之后，我们真的收到了主办方的邀请函！而如果是自己报名参加，费用会很高。

千寻先收到了邀请，之后我发函询问主办方自己是否可以陪她参加这次活动，在还没有收到回复的情况下，我们就动身出发了。结果到了会场之后，自己竟然被当作 VIP 嘉宾，受到了隆重的接待，主办方的社长更是亲自带我们到座位上。这是千寻第一次参加这种研习会，由于是主办方主动邀请来参会的，所以在长达 6 小时的研习时间里，千寻感受到了所有参会人员满满的爱意,这真的是一个奇迹。

早上六点多写下对未来的期许,没想到在当天就成了现实。

每人身旁都有希望之光

三枝子女士因为最喜欢的小女儿患有唐氏综合征,每天都过得不如意。她常常感叹"为什么这种不幸只降临在自己身上"。

"未来日记"是一个少见的、能让你与自己进行对话的工具。与社交软件等供大家对话、讨论的平台不同,书写"未来日记"不需要与人交流,也就不用说那些漂亮的场面话,因此你可以坦诚地敞开心扉与自己对话,不会被别人听到或知道。

在写日记的过程中,心中的隔阂慢慢消失,你会放弃与他人的比较,专注于发现自己已经拥有的、重要的东西。

　　无论什么时候，这个世界上都存在着希望之光。不要再垂头丧气，而是抬头向前看，这样你就能注意到希望之光的存在，并朝着远处光亮的方向一步步前进。

　　这束光并不是躲在乌云之上，而就在我们每个人身边。每个人的心中也都有一个持续闪耀光芒的太阳，可以为你驱散内心的雾霾。对三枝子女士来说，这束光就是千寻。我们需要用这束光来照亮出路，在最终抵达出口之前，一直默默陪伴我们的就是"未来日记"，以及书写"未来日记"的自己。

获得幸福仅仅是起点，

一切才刚刚开始

写完了 49 天的"未来日记",大家感受如何?

大家需要做的,仅仅是每日认真描摹"未来日记"中的文字,之后记录下自己期待发生的事情。当然,与其自己边摸索边实践,不如和亲朋好友一起来做这件事,互相交流心得体会,这会让一切变得更加轻松和顺利。

如果再有一个交流心得体会的场所,将更有助于提升大家参与的兴趣,让大家更快地掌握诀窍,带着愉悦的心情享受"未来日记"的美好体验。

本书之所以由两人合著,是因为我们两人在各自人生的不同时期,分别收获了相同的人生体验。

在几年前，真由美脑海中出现了一个画面：某个人心中点亮了一束光，就像一滴水落在平静的水面上，波纹一圈圈扩散开来，这束光也不断扩散，最终照亮了整个地球。在想象出这幅画面之后，一句话浮现在她的脑海中——"世界和平其实很简单"。

而弘美在创业后不久，脑海中也出现了一个画面：某个人的灵魂闪耀着光芒，这束光自然地辐射到了家人，之后，整个家庭都开始散发出令人叹为观止的蓝色光芒，并逐步地辐射到附近的家庭、街道、整个国家、相邻国家，最终覆盖整个地球。通过这幅画面，弘美意识到"只要每个人自己变得幸福了，世界就会和平"，并决定把这一想法以书的形式传播出去。

幸福会"传染"，当你拥有幸福的时候，这种幸福也会传给别人。加利福尼亚大学圣迭戈分校的詹姆斯·福勒教授和哈佛大学的尼古拉斯·克里斯塔基斯教授，曾经于 2008 年发表一篇论文，结论是幸福可以"传染"三次。比如，如果你很幸福，那么这个幸福会感染你的妹妹、妹妹的男朋友、妹妹男朋友的母亲。这一结论是两人基于一项长达 20 年、追踪 4700 人的实验得出的。

你唯一能做的，就是让自己幸福。首先，请让自己的世界里充满爱与和平、希望与富足。你能做的只有这个，而且这样就已经足够了。

你获得幸福之后，这份幸福会辐射到身边的家人、朋友、同事、你所处的社区、城市、国家，甚至辐射到全世界。我们常常以为自己一个人不可能改变整个世界，但事实并非如此，其实每个人的身上都有着大到自己难以想象的力量。

你的世界是由你自己亲手创造的，你可以随时随地、随心所欲地对其进行创作与改造。

愿你的世界总是充满着幸福与和平。

山田弘美，滨田真由美

2020 年 12 月